Le haschich

Le haschich

De Rabelais à Jarry,
sept écrivains parlent du haschich

Anthologie présentée par Damien Panerai

Librio
Anthologie

Avertissement

La prudence est de mise lorsqu'il s'agit de présenter une anthologie de textes traitant d'une substance illicite. Sur le danger que peut représenter un usage excessif du haschich sur l'individu, nous renvoyons le lecteur aux publications du ministère de la Santé.

Puisse le lecteur lucide se garder de toutes les séductions vénéneuses, et qu'il médite cette phrase d'Antonin Artaud :

« *Toute la science hasardeuse des hommes n'est pas supérieure à la connaissance immédiate que je puis avoir de mon être.* »

Préface

Utilisé depuis des millénaires en Chine comme médicament, cité parmi les plantes sacrées dans *l'Arthava Veda*, nourriture pharaonique sous Aménophis Ier, le chanvre est connu en Europe depuis l'Antiquité. Déjà au IVe siècle avant J.-C., Hérodote évoque sa culture chez les Scythes, qui en inhalaient la fumée autour d'un feu, et l'on considère que le népenthès, ce philtre qui endort le chagrin au quatrième chant de *l'Odyssée*, en serait également. Mais le chanvre cultivé en France au Moyen Âge sert surtout à fabriquer cordes, textiles, et papier : la première Bible de Gutenberg est imprimée sur du chanvre, qui compose également les voiles et cordages des bateaux de Christophe Colomb, et plus tard le premier drapeau des États-Unis. La Canebière à Marseille, qui mène aux portes de l'Afrique, tire vraisemblablement son nom du cannabis. Encore faut-il préciser qu'il s'agit de *Cannabis sativa*, baptisé ainsi par le botaniste Linné en 1753, et non de *Cannabis indica* (chanvre indien, seul doté d'un effet psychotrope) classifié par un autre botaniste, Lamarck, en 1783. Ce sont probablement les croisés qui ont ramené de Terre Sainte le *Cannabis indica* vers le XIe siècle.

C'est avec Rabelais qu'en 1546 une herbe aux « admirables vertus » fait son entrée dans la littérature française, dans les tout derniers chapitres du *Tiers Livre des faicts et dicts héroïques du bon Pantagruel*. Pour éviter l'accusation de sorcellerie (le chanvre entrait dans la composition d'élixirs et d'onguents magiques, des recettes médiévales l'attestent), Rabelais doit crypter son texte. Le chanvre s'appelle ici Pantagruelion, ses pouvoirs psychotropes sont évoqués de façon voilée, et Rabelais brouille les pistes. S'il ne fait aucun doute pour un lecteur averti que le Pantagruelion est bien le chanvre et que Rabelais en connaissait « un certain usage », l'énigme reste intacte pour quelques siècles. Ce qu'on est convenu d'appeler l'âge classiquc ignore ces pouvoirs du chanvre. Si au XVIIIe, Chardin dans son *Voyage en Perse et autres lieux de l'orient* décrit des cabarets haschichins, Galland, premier traducteur des *1 001 nuits*, dédaigne les rares contes qui y font directement allusion.

L'encyclopédie de Diderot et d'Alembert ne comporte aucune entrée au mot *haschich*. Si l'on se reporte au mot *chanvre*, elle décrit en détail la transformation de celui-ci en corde ou en fil, et à la fin seulement, signale simplement : « CHANVRE (Mat. Medic) la semence de cette plante est seule usitée en Médecine, et encore l'emploie-t-on bien rarement : elle est émulsive. Quelques auteurs ont cru que l'émulsion qu'on en préparait était bonne contre la toux, et préférable en ce cas aux émulsions ordinaires : ils l'ont donnée aussi pour spécifique contre la gonorrhée, surtout lorsqu'elle est accompagnée d'érections fréquentes et douloureuses. Voyez GONORRHÉE.

« La semence et les feuilles écrasées, appliquées en forme de cataplasme sur les tumeurs douloureuses, passent pour puissamment résolutives et stupéfiantes. Cette dernière vertu se manifeste par une odeur forte et inébriante qui s'élève du chanvre qu'on fait sécher. »

Un siècle plus tard, le haschich aura pourtant les honneurs du *Grand Dictionnaire Universel du XIXe siècle* de Pierre Larousse, qui en détaille les variantes. Que s'est-il passé entre-temps ? En 1798, Bonaparte a entrepris la campagne d'Égypte. Après avoir échappé à un attentat fomenté par un membre de la secte des haschichins, il délivre en 1800 l'ordonnance suivante : « Il est interdit, dans toute l'Égypte, de faire usage du breuvage fabriqué par certains musulmans avec le chanvre (haschich), ainsi que de fumer les graines de chanvre. Les buveurs et fumeurs habituels de cette plante perdent la raison et sont la proie de délires violents qui les font se livrer à des excès de toutes sortes. » C'est à cette époque qu'on redécouvre l'histoire de la secte des haschichins et du Vieux de la Montagne, que Marco Polo avait racontée en 1298 dans *Le Devisement du monde*. Le mythe fascinera de nombreux écrivains.

Le Vieux de la Montagne s'appelait Hasan Ibn Al-Sabah. La légende rapporte qu'il fut d'abord conseiller d'un grand vizir, puis arrêté pour conspiration et jeté pieds et poings liés dans un vaisseau. Pendant le voyage survient une forte tempête. Son calme impressionne l'équipage : ils deviennent ses premiers fidèles et débarquent en Syrie. En 1090, il s'empare de la forteresse d'Alamont dite « le repaire des vautours », à 3 000 mètres d'altitude. Il devient Cheik al-Djebel, Prince de la Montagne, règne pendant trente-cinq ans jusqu'à sa mort, sans jamais quitter sa forteresse. Contemporaine des templiers, la secte des haschichins lui obéissait aveuglément. Leur doctrine cachée était « Rien n'est vrai, tout est permis ». Les Mongols prendront la forteresse d'Alamont en 1256, mais Marco Polo l'avait visitée, et décrit le territoire. Parterres de fleurs, buissons d'arbres fruitiers, gazons, prairies verdoyantes, sources d'eau vive : c'est bien un avant-goût du paradis que le Vieux de la Montagne donnait à ses fidèles en plus du haschich. Notons que les haschichins existent toujours : leur chef est l'Aga Khan.

Silvestre de Sacy, qui a participé à la campagne d'Égypte, rédige un *Mémoire sur la dynastie des Assassins et sur l'origine de leur nom* en 1809 : c'est lui qui suggère l'étymologie d'*assassin* comme venant de *haschichin*. Si cette étymologie est aujourd'hui contestée, tous les auteurs de notre anthologie l'accepte, à tel point que le mot assassin est synonyme de « consommateur de haschich » jusque chez Jarry.

Le haschich se mange alors plutôt qu'il ne se fume, notamment sous la forme de dawamesk : une confiserie dans laquelle l'extrait gras de haschich est mêlé de sucre, vanille, cannelle, pistaches, amandes, musc – d'où le terme de « confitures » chez Dumas. L'usage se répand au cours du XIXe siècle, dans un petit cercle, sous l'influence d'un médecin aliéniste : Joseph Moreau de Tours, auteur en 1845 d'une étude intitulée *Du haschich et de l'aliénation mentale*. C'est Moreau qui fournit la drogue lors des réunions appelées « fantasias » où se retrouve le fameux club des haschichins à l'hôtel particulier du peintre Fernand Boissard de Boisdenier. Voici par exemple les termes exacts par lesquels Théophile Gautier fut invité par celui-ci : « Mon cher Théophile, il se prend du hachysch chez moi lundi prochain 3 Obre sous les auspices de Moreau ; et d'Aubert-Roche. Veux-tu en être ? Dans ce cas, arrive entre 5 et 6 heures au plus tard. Tu prendras ta part d'un modeste dîner et tu attendras l'hallucination. Tu peux même amener avec toi le bourgeois que tu voulais injecter : comme on amène des inconnus à mon auberge, un de plus n'y fera rien : il faut seulement que je sois prévenu à l'avance afin de commander la pâture en conséquence. Il se dépensera entre trois et cinq francs par tête. Réponds oui ou non. »

Les membres de ce club « à l'anglaise » sont prestigieux : Eugène Delacroix, Alphonse Karr, Honoré Daumier, et bien sûr Gautier, le premier à avoir décrit précisément les effets du haschich dans un article de *La Presse* en juillet 1843. Balzac même tentera l'expérience, sans y prendre goût. Baudelaire y puise l'inspiration de la première partie de ses *Paradis artificiels* (la seconde étant consacrée à l'opium), mais reste franchement réservé. D'autres jeunes poètes à la fin du XIXe siècle goûteront à leur tour le haschich : Verlaine, Rimbaud, Richepin, ou encore Charles Cros.

Si les auteurs se rejoignent plus ou moins dans l'analyse des effets du haschich (rires, correspondances nouvelles, impression d'agrandissement de l'espace et de suspension du temps, et surtout la sensation d'approcher la divinité déjà notée par Rabelais), on notera la grande diversité des formes choisies et des genres abordés. Rabelais livre une énigme aux allures de traité d'herboristerie, Nerval opte pour le conte orientaliste, Gautier écrit un récit autonome proche du fantastique,

Dumas au contraire un chapitre romanesque qui révèle un nouveau visage du personnage de Monte-Cristo (mais le lecteur ne sait pas encore que c'est lui), Baudelaire un essai philosophique, Rimbaud des poèmes en prose, Jarry enfin utilise la forme dialoguée.

C'est que les buts poursuivis ne sont pas les mêmes : alors que Rabelais, on a vu pourquoi, cryptait prudemment son texte, Gautier, Baudelaire, Dumas dans une certaine mesure, sont au contraire plutôt didactiques : il s'agit de décrire les effets aux non-initiés, et leur texte est sans doute rédigé après coup. C'est d'ailleurs leur limite : il y a quelque chose de fastidieux, de laborieux dans leur entreprise. Pourtant Gautier, dans le premier article qu'il a consacré au haschich, rapporte entre autres visions celle d'« une locomotive vivante avec un cou de cygne terminé par une gueule de serpent d'où jaillissent des flots de fumée, avec des pattes monstrueuses composées de roues et de poulies » : on n'est pas loin de l'image surréaliste. De façon plus étonnante encore, le même article évoque des « songes pantagruéliques » et le club des haschichins des « moqueries pantagruéliques », comme s'il avait inconsciemment rejoint l'univers du Pantagruelion.

Rimbaud, plus moderne, reste au plus près de l'expérience, et trouve pour la décrire une forme neuve, hybride entre prose et poésie. Bien des passages d'*Une saison en enfer* semblent renvoyer au haschich : par exemple « Ah ! J'en ai trop pris : – Mais, cher Satan, je vous en conjure, une prunelle moins irritée ! », ou encore cet extrait célèbre : « Je m'habituai à l'hallucination simple : je voyais très franchement une mosquée à la place d'une usine, une école de tambours faite par des anges, des calèches sur les routes du ciel, un salon au fond d'un lac ; les monstres, les mystères ; un titre de vaudeville dressait des épouvantes devant moi. » Plusieurs poèmes des *Illuminations* évoquent plus ou moins directement ce type d'expérience : *H*, où il reprend le principe rabelaisien de l'énigme, mais dont la clef peut aussi être l'homosexualité, *Matinée d'ivresse*, *Parade* ou *Barbare*.

Mais c'est sans doute Alfred Jarry qui, dans l'un des derniers chapitres de son roman *Les Jours et les Nuits* (1897), a su le mieux traduire la métamorphose opérée par le haschich sur le langage : bafouillements, jeux de mots abscons, moqueries, répétitions, association d'idées, imaginaire partagé, éclatement du sens, jamais auparavant (sauf peut-être dans le quarante-troisième chapitre du *Quart Livre*) le délire collectif n'avait été aussi justement enregistré.

Au XXe siècle, peu d'œuvres marquantes à notre connaissance ont su traiter le sujet, malgré quelques apparitions au détour de tel ou tel roman de Genet, Malraux, Sollers, Duras, Djian ou Dantec. Il faut dire que d'autres drogues viennent concurrencer le haschich : l'opium inspire Artaud, Cocteau, Gilbert-Lecomte, puis viennent la cocaïne, l'héroïne, le LSD, l'ecstasy entre autres. Les auteurs marquants – Kerouac, Ginsberg, Burroughs, Castaneda – sont alors américains. Et la littérature elle-même est concurrencée par de nouveaux modes d'expression plus festifs et moins solitaires, la musique surtout (dont Gautier, Baudelaire et Rimbaud avaient noté que la perception s'alliait étrangement bien avec le haschich), qui sera le principal vecteur de la contre-culture.

Une exception notable cependant : Henri Michaux, avec *Misérable miracle* où le chanvre est comparé à la mescaline, et surtout *Connaissance par les gouffres*. « Trois opérations majeures : espionner le chanvre. Avec le chanvre espionner l'esprit. Avec le chanvre s'espionner soi-même. » Michaux développe une méthode assez rigoureuse : il présente au lecteur ses notes prises telles quelles au moment de l'expérience, sans les modifier, et les commente ensuite, un peu à la manière de saint Jean de la Croix. Bénéficiant des apports de la psychanalyse, de la linguistique, mais aussi de l'évolution esthétique de son temps (surréalisme, lettrisme, art abstrait), Michaux suit un itinéraire mental qui le conduit vraiment à l'inconnu, dans un univers abstrait dépourvu de référence, jusqu'à l'épuisement du langage au profit de simples vibrations. À la fin, il n'y a plus de mots, mais des signes indéchiffrables, voire de simples tirets. En définitive, ce qu'il parvient le mieux à communiquer, c'est surtout sa difficulté à transmettre l'expérience : « Tout est intraduisible. Lui [le chanvre] particulièrement : sa désinvolture, son manque de poids, son manque d'âme, son impertinence, ses jeux iconoclastes et libertins, ses rébus. J'ai été à la chasse. Beaucoup sans doute m'a échappé. » Dans *Misérable miracle,* il insiste sur ce même aspect insaisissable : « Le chanvre est un grand ometteur ». Au fond, même s'il explore des formes nouvelles et invente au passage de pertinents concepts (comme celui de « pensée néoténique » : la pensée qui se génère elle-même), Michaux rejoint la déception que tant d'autres ont éprouvée : « Les drogues nous ennuient avec leur paradis. Qu'elles nous donnent plutôt un peu de savoir. Nous ne sommes pas un siècle à paradis. »

Damien PANERAI

Énigme du Pantagruelion

Les quatre derniers chapitres du Tiers Livre *(c'est-à-dire le* troisième livre, *après* Pantagruel *et* Gargantua*) forment une énigme bien distincte du reste de l'ouvrage. Pantagruel prépare le voyage (narré dans le* Quart, *puis le* Cinquième Livre*) qui doit le mener avec ses compagnons vers l'oracle de la Dive Bouteille. L'auteur nous précise qu'il embarque une grande quantité de Pantagruelion. À partir de là et jusqu'à la fin du livre, il ne sera plus question que de cela : description botanique de la plante (chapitre 49), manière de le préparer, puis longue digression sur l'origine du nom des plantes (chapitre 50) ; ensuite, l'auteur nous annonce un « certain usage » et énumère les qualités et propriétés du Pantagruelion (chapitre 51), enfin il en évoque une « certaine espèce » absolument incombustible (chapitre 52).*

Assez étrangement, le Pantagruelion sera quasiment absent des deux livres suivants, excepté le chapitre XLIII du Quart Livre.

De nombreuses interprétations ont été suggérées pour résoudre l'énigme : on a pu y voir une allégorie de l'industrie humaine et du progrès, voire une prémonition de l'aéronautique, ou encore une sorte de devinette insoluble sur une plante imaginaire, une sorte de talisman intrinsèquement lié au personnage de Pantagruel. Il ne fait pourtant aucun doute qu'il s'agit bien du chanvre et que Rabelais en connaissait tous les effets.

*Rabelais emprunte plusieurs éléments, parfois authentiques et parfois erronés, à l'*Histoire naturelle *de Pline et à divers traités d'herboristerie, mais sa connaissance* *de la plante n'est pas seulement livresque : sa description est précise et personnelle, et le chanvre était une plante abondamment cultivée. Pourquoi alors tant de mystères ? On ne fait pas impunément l'éloge d'une plante magique. L'Inquisition n'est pas loin, Rabelais a déjà été inquiété pour ses écrits (ses livres ont été condamnés par la Sorbonne), et l'un de ses éditeurs, Étienne Dolet, meurt brûlé vif en public l'année même où le* Tiers Livre *est publié.*

Le choix du nom d'abord invite naturellement à rapprocher la plante du personnage principal de l'œuvre de Rabelais, Pantagruel, à qui il ajoute un suffixe typique de médicament. Pantagruel naît au temps de la cueillette de Pantagruelion, tous deux ont alors la même hauteur, et surtout « Pantagruel en fut l'inventeur : je ne dis pas de la plante, mais d'un certain usage, qui est le plus abhorré et haï des larrons ». L'usage en question ne sera pas explicité, mais Rabelais en profite pour rappeler que le chanvre sert aussi à fabriquer les cordes des pendus (« nous avons vu maints de ceux qui, à cause d'un tel usage, finirent leur vie pendus haut et court »).

Au cours de son exposé, l'auteur sème plusieurs indices qui invitent le lecteur à le croire tout en comprenant que l'essentiel sera caché : « il me tient de vous exposer l'impossible », « à Dieu ne plaise que nous n'usions de fable en cette histoire véritable », « Dirai-je plus ? », puis « Je vous dirai plus » ou encore « Je vous dirai la vérité. Mais [...] elle est d'accès assez scabreux et difficile », enfin l'allusion au mythe d'Icarius (assassiné pour avoir propagé le vin, que lui avait enseigné Dionysos). Il fait aussi plusieurs références à la magie : Circé l'envoûteuse, les prêtres d'Isis, les druides gaulois, la verveine, plante sacrée.

Rabelais donne volontiers de fausses pistes : les « fricassées » préparées pour la dégustation sont attribuées aux Grecs et non aux Arabes, et les caractéristiques de la plante mâle et femelle sont inversées. Certaines indications sont contradictoires : la date de la cueillette est tantôt l'automne (« lorsque les cigales commencent à s'enrouer ») tantôt le mois d'août (« temps de l'altération », c'est-à-dire de la grande soif), le Pantagruelion peut servir à allumer le feu et faire « une flambée lumineuse », mais il ne peut être consumé. Des énigmes secondaires sont disposées à l'intérieur de l'énigme principale : l'arbre nommé eonem, la forme des « instruments catharactes », c'est-à-dire propres à briser, sans compter les nombreuses périphrases qui invitent à se reporter aux textes anciens.

Le dispositif de Rabelais est particulièrement subtil : le texte commence par une étude botanique et étymologique érudite et sérieuse, peut-être un tantinet parodique. Il énumère ensuite les applications pratiques de la plante, cordes, papier, vêtements, etc. avec déjà quelques doubles sens : le Pantagruelion tue la vermine qui entre dans les oreilles (les mensonges ?), il rend les tables moins détestables (grâce aux nappes tissées en chanvre ou comme nourriture ?), et les lits plus délicieux (grâce aux draps ou à ses vertus aphrodisiaques ?). Puis l'enthousiasme devient épique. Le Pantagruelion emprisonne « les substances invisibles » : le vent bien sûr, par les moulins, et les voiles des bateaux (rappelons qu'il était question au départ d'un voyage en mer). Il permet de se déplacer plus librement que les oiseaux. Et soudain l'Olympe s'en mêle, redoutant que soit « inventée une herbe de semblable énergie » qui permettra de voyager dans l'espace et de rejoindre les dieux. Enfin vient le dernier chapitre, le plus mystificateur : « Comment une certaine espèce de Pantagruelion ne peut être consumée par le feu ».

En fait, la longue description du Pantagruelion annonce et prépare celle de la Dive Bouteille à la fin du Cinquième Livre. *Le fin mot de la Dive Bouteille sera : « Trinch ! » (« Buvons ! »). Mais concernant le Pantagruelion, il était, et il est encore aujourd'hui, interdit d'inviter à sa consommation.*

Pour aller plus loin, deux ouvrages fort instructifs : Énigme du Pantagruelion, *commentée par François Leclercq, Paris-Zanzibar (1997) et Claude Gaignolet :* À plus hault sens : l'ésotérisme spirituel et charnel de Rabelais, *Maisonneuve et Larose (1986).*

Note sur l'établissement du texte de Rabelais

Rien ne saurait remplacer la lecture du texte original de Rabelais, dont nous avons suivi l'édition, revue par l'auteur, de 1542. Mais il nous importait ici de le rendre plus intelligible au lecteur, de le sortir de l'étroit ghetto des érudits capables de le déchiffrer tel quel dans le texte.

La première difficulté qui se pose est celle du vocabulaire : Rabelais, ce n'est pas sa moindre grandeur, est l'inventeur par excellence de la langue française, il est sa source même, comme Dante pour l'italien. Puisant dans les langues anciennes qu'il maîtrise parfaitement (latin, grec, hébreu), mais aussi dans la culture populaire, les dialectes régionaux et les langues voisines, il forge son propre langage, et on ne compte plus les mots qui sont attestés pour la première fois dans son œuvre (des mots aussi divers que planer, farfelu, sociologie entre des milliers d'autres). Mais nombre de ces mots ont disparu, ou ne sont plus compréhensibles que de quelques rats de bibliothèque. Nous avons préféré agir au cas par cas : pour éviter les notes en bas de page, nous avons généralement opté pour l'équivalent moderne (brûler au lieu de ardre, par exemple), mais parfois, notamment dans les énumérations où le sens est globalement compréhensible, nous avons respecté la prodigieuse richesse du lexique rabelaisien. Par exemple, lors de la longue digression sur l'origine du nom des plantes, puisque c'est le nom qui importe, nous n'avons pas voulu traduire callithrichum *par* doradille, *ni* ephemerum *par* colchique.

La deuxième difficulté est orthographique : à l'époque de Rabelais, celle-ci est encore hésitante, et un même mot peut être écrit de diverses manières, plus ou moins proche de son étymologie grecque ou latine. C'est d'autant plus vrai pour un auteur aussi inventif, et qui voulait vraisemblablement éviter d'être lu trop vite : impossible de le survoler, de le lire « en diagonale », il faut au contraire passer du temps sur chaque phrase, se pénétrer lentement de tout son sens, seule condition pour en atteindre la fameuse substantifique moelle. Pour réduire au maximum la dis-

tance qui nous en sépare, nous avons au contraire préféré adapter le texte selon la graphie d'aujourd'hui.

La troisième difficulté enfin est syntaxique : la langue française alors jeune n'a pas encore été corsetée par la grammaire classique, et Rabelais se permet des audaces syntaxiques, des ellipses et anacoluthes – il malaxe et bouscule sa phrase avec la même liberté que Céline ou Joyce. Sur ce point, notre souci a toujours été la fidélité au sens : combler les tours trop elliptiques, trouver des équivalents modernes de tournures tombées en désuétude, modifier si besoin l'ordre des mots (sauf dans les quelques vers qui terminent le texte), mais les longues phrases sont restées longues, et les redondances dont il est coutumier ont été également conservées : il ne s'agissait pas de l'aplatir.

Notre but n'a été que de permettre à tous de lire ce texte étonnant. Le comprendre est autre chose : même traduite dans un français plus accessible, sinon plus « correct », la fin du Tiers Livre *reste une énigme, ainsi que le souhaitait son auteur.*

François Rabelais

(1494-1553)

Le Tiers Livre des faicts et dicts du bon Pantagruel (1546)

Traduit en français moderne par Damien PANERAI

CHAPITRE XLIX

Comment Pantagruel fit ses préparatifs pour monter sur mer, et de l'herbe nommée Pantagruelion

Peu de jours après, Pantagruel, après avoir pris congé du bon Gargantua, qui pria bien pour le voyage de son fils, arriva au port de Thalasse, près de Saint-Malo, accompagné de Panurge, Epistémon, frère Jean des Entommeurs, abbé de Thélème, et d'autres de la noble maison, notamment Xénomane, le grand voyageur et traverseur des voies périlleuses, qui était venu à la demande de Panurge, parce qu'il tenait je ne sais quoi dans l'arrière-pays de la châtelainerie de Salmigondin.

Là, une fois arrivés, Pantagruel dressa les équipages des navires, au nombre de ceux qu'Ajax de Salamine avait jadis menés en convoi des Grecs à Troie. Il choisit marins, pilotes, rameurs, interprètes, artisans, gens de guerre, prit et chargea vivres, artillerie, munitions, vêtements, deniers et autres hardes, comme il est nécessaire pour un long et hasardeux voyage.

Entre autres choses, je vis qu'il fit charger grande foison de son herbe Pantagruelion, aussi bien verte et crue que confite et préparée.

L'herbe Pantagruelion a la racine petite, durette, rondelette, finissant en pointe obtuse, blanche, à peu de filaments, et elle ne s'enfonce pas plus profondément en terre que d'une coudée. De la racine procède une tige unique, ronde, ferulacée, verte au-dehors, blanchissante au-dedans, concave, comme la tige de smyrnium olusatrum, les fèves et la gentiane ; ligneuse, droite, friable, quelque peu crénelée en forme de colonnes légèrement striées, pleine de fibres (ce en quoi consiste toute la dignité de l'herbe), même en la partie dite mesa, comme moyenne, et celle qui est dite mylasea. Sa hauteur est communément de cinq à six pieds. Elle ne dépasse la hauteur d'une lance que quand elle rencontre un terroir doux, huileux, léger, humide sans froidure, comme Olone et celui de Rosea près de Praeneste en Sabinie, et que la pluie ne lui fait pas défaut les jours de fête des pêcheurs et pendant le solstice d'été. Elle surpasse la hauteur des arbres, comme on le dit du dendromalache selon l'autorité de Théophraste, quoique l'herbe dépérisse chaque année, et non pas l'arbre qui perdure en racines, tronc, caudice et rameaux. Et de sa tige sortent de gros et forts rameaux.

Les feuilles sont trois fois plus longues que larges, toujours vertes, apprêtées comme l'orcanette, durettes, incisées au tour comme une faucille et comme la bétoine, elles finissent en pointes de sarisse macédonique, et comme la lancette dont usent les chirurgiens. Sa figure est peu différente des feuilles de frêne et d'aigremoine ; et elle ressemble tant à l'eupatoire que plusieurs herbiers, l'ayant dite domestique, ont dit que l'eupatoire était du Pantagruelion sauvage. Et elles sont réparties en rangs à égale distance autour de la tige en rotondité, par nombre de cinq ou de sept. La nature l'a tant chéri qu'elle l'a doté en ses feuilles de ces deux nombres impairs, tellement divins et mystérieux. Leur odeur est forte et peu plaisante aux nez délicats.

La semence monte vers la tête de la tige et un peu au-dessous. Elle est aussi abondante que son herbe, sphérique, oblongue, rhomboïde, noir clair et comme tannée, durette, couverte d'une robe fragile, délicieuse à tous les oiseaux chanteurs, comme les linottes, les chardonnerets, alouettes, serins, tarins et autres, mais elle éteint la semence générative chez l'homme qui en mangerait beaucoup et souvent. Et, quoique jadis chez les Grecs on faisait d'elle certaines espèces de fricassées, tartes et beignets, qu'ils mangeaient après souper par friandise et pour trouver le vin meilleur, elle est de difficile décoction, offense l'estomac, engendre un mauvais sang, et par son excessive chaleur frappe le cerveau et remplit la tête de fâcheuses et douloureuses vapeurs.

Et, comme plusieurs plantes, elle se répartit en deux sexes, mâle et femelle, ce que nous voyons chez le laurier, les palmes, les chênes, les yeuses, l'asphodèle, la mandragore, la fougère, l'agaric, l'aristolochie, le cyprès, la térébinthe, le pouliot, la pivoine, et d'autres : en cette herbe aussi il y a le mâle, qui ne porte aucune fleur mais abonde en semence, et la femelle, qui foisonne en petites fleurs blanchâtres, inutiles, et ne porte semence qui vaille et, comme pour d'autres semblables, elle a la feuille plus large, moins dure que le mâle et ne croît pas à pareille hauteur.

On sème le Pantagruelion à la nouvelle venue des hirondelles ; on le tire de terre lorsque les cigales commencent à s'enrouer.

CHAPITRE L

Comment doit être préparé et mis en œuvre le célèbre Pantagruelion

On apprête le Pantagruelion à l'équinoxe d'automne en diverses manières, selon la fantaisie des peuples et la diversité des pays. L'enseignement premier de Pantagruel fut : dévêtir la tige de ses feuilles et de sa semence, le macérer en eau stagnante, non courante, pendant cinq jours si le temps est sec et l'eau chaude ; pendant neuf ou douze jours si le temps est nuageux et l'eau froide ; puis au soleil le sécher, puis à l'ombre l'excortiquer et séparer les fibres (en qui, comme nous l'avons dit, consiste tout son prix et sa valeur) de la partie ligneuse, qui est inutile, sauf pour faire une flambée lumineuse, allumer le feu, et, pour l'amusement des petits enfants, enfler les vessies de porc. Certains gourmands cachottiers en usent quelquefois comme d'un siphon pour aspirer le vin nouveau par le bondon.

Quelques pantagruelistes modernes, évitant d'user leurs mains à cette tâche, usent de certains instruments catharactes composés de la forme selon laquelle Junon la fâcheuse tenait les doigts de ses mains liées pour empêcher l'enfantement d'Alcmène, mère de Hercule, et, à travers un de ces instruments, frappent et brisent la partie ligneuse et la rendent inutile pour en sauver les fibres. À cette méthode de préparation acquiescent ceux qui, contre l'opinion de tout le monde et en manière de paradoxe à l'égard de tous les philosophes, gagnent leur vie à reculons. Ceux qui, pour un profit évident, veulent l'évaluer font ce que l'on nous compte du passe-temps des trois Parques, de l'ébattement nocturne de la noble Circé et de la longue excuse de Pénélope envers ses muguets amoureux, pendant l'absence de son mari Ulysse. Ainsi est-elle mise en ses inestimables vertus, dont je vous exposerai une partie (car il me tient de vous exposer l'impossible), mais d'abord je vous interprète la dénomination de cette herbe.

Je remarque que les plantes sont nommées en diverses manières. Les unes ont pris le nom de celui qui les inventa, connut, montra, cultiva, apprivoisa et s'appropria : comme la mercuriale, de Mercure ; la panacée de Panace, fille d'Esculape ; l'armoise d'Artémis, qui est Diane ; l'eupatoire du roi Eupator, le *telephium* de Telephus ; l'euphorbe d'Euphorbus, médecin du roi Juba ;

le cyclamen de Clymenus ; l'alcibiadion d'Alcibiade ; la gentiane de Gentius, roi de Sclavonie. Et cette prérogative d'imposer son nom aux herbes qu'on a inventées a été jadis si estimée que, lors de la controverse entre Neptune et Minerve pour savoir qui donnerait son nom à la terre qu'ils avaient trouvée tous les deux ensemble, celle-ci fut appelée Athènes d'après Athéna, c'est-à-dire Minerve. Pareillement Lyncus, roi de Scythie, s'efforça de tuer par trahison le jeune Triptolème, envoyé par Cérès pour montrer aux hommes le froment alors encore inconnu, afin d'imposer son nom et de rester en honneur et gloire immortelle comme l'inventeur de ce grain si utile et nécessaire à la vie humaine. Pour cette trahison, il fut transformé par Cérès en lynx ou loup-cervier. Pareillement, de grandes et longues guerres se firent jadis entre certains rois de séjour en Cappadoce pour la seule question de savoir lequel donnerait son nom à une herbe, qui fut finalement dite *polemonia*, c'est-à-dire guerrière.

Les autres ont retenu le nom des régions d'où elles furent rapportées, comme les pommes médices, qui sont les citrons de Médie où elles furent premièrement trouvées ; les pommes puniques, qui sont les grenades apportées de Punicie (c'est Carthage) ; *ligusticum* c'est le livesche, apportée de Ligurie (c'est la côte de Gênes) ; la rhubarbe, du fleuve barbare nommé Rha, comme atteste Ammianus ; la santonine, de Saintonges ; le fenouil grec ; les châtaignes, de Castane ; les pêches, de Perse ; les sabines, de la Sabine ; les *stoechas* de mes îles Hyères autrefois dites Stoechades ; le nard celtique et autres.

Les autres ont leur nom par antiphrase et contraire : comme l'absinthe au contraire de la pynthe, car elle est fâcheuse à boire ; holosteon, « tout en os », c'est le contraire, car il n'est pas dans la nature d'herbe plus fragile et plus tendre que lui.

D'autres sont nommées par leurs vertus et opérations, comme l'aristoloche, qui aide les femmes en mal d'enfant ; le lichen, qui guérit les maladies de son nom ; la mauve, qui ramollit ; le *callithrichum*, qui embellit les cheveux ; l'alysson, l'*ephemerum*, le tussilage qui calme la toux, la nasicord ou cresson alénois, la jusquiame, l'hanebane, et autres.

Les autres, par les admirables qualités qu'on a vues en elles, comme l'héliotrope, c'est un souci, qui suit le soleil : car, le soleil levant, il s'épanouit ; montant, il monte ; déclinant, il décline ; se cachant, il se clôt ; l'adiantum : car jamais il ne retient l'humidité quoiqu'il naisse près des eaux et quoiqu'on le plongeait dans l'eau il y a bien longtemps ; l'hieracie ; l'eryngion et autres.

D'autres, par métamorphose d'hommes et de femmes de nom semblable : comme daphné (c'est le laurier) de Daphné ; le myrte, de Myrsine ; pytis, de Pytis ; *cynara* (c'est l'artichaut) ; narcisse, saphran, *smilax* et autres.

D'autres, par similitude, comme l'hippuris (c'est la prêle) car elle ressemble à une queue de cheval ; l'alopecuros, qui ressemble à la queue de renard ; le psylion, qui ressemble à la puce ; le *delphinium*, au dauphin ; le buglosse, à la langue de bœuf ; l'iris, à l'arc-en-ciel dans ses fleurs ; le myosotis, à l'oreille de souris ; le coronopus, au pied de corneille et autres.

Par une dénomination réciproque on dit les Fabies, des fèves ; les Pisons, des pois ; les Lentules, des lentilles ; les Cicérons, des pois chiches. Comme encore, par plus haute ressemblance, on dit le nombril de Vénus, les cheveux de Vénus, la cuve de Vénus, la barbe de Jupiter, l'œil de Jupiter, le sang de Mars, les hermodactyles, doigts de Mercure, et autres.

Les autres, de leurs formes : comme le trèfle, qui a trois feuilles ; le pentaphyllon, qui a cinq feuilles ; le serpolet, qui herpe contre terre ; l'helxine ; le petasites ; les myrobalans, que les Arabes appellent *béen*, car ils ressemblent au gland, et sont onctueux.

CHAPITRE LI

Pourquoi on l'appelle Pantagruelion et des admirables vertus de celle-ci

De ces manières (excepté la fabuleuse, car à Dieu ne plaise que nous n'usions de fable en cette histoire véritable), on dit l'herbe Pantagruelion. Car Pantagruel en fut l'inventeur : je ne dis pas de la plante, mais d'un certain usage, qui est le plus abhorré et haï des larrons. Il leur est plus contraire et ennemi que la teigne ou la cuscute ne l'est au lin, que le roseau à la fougère, que la prêle aux faucheurs, que l'orobanche aux pois chiches, l'aegilops à l'orge, la securidaca aux lentilles, l'antranium aux fèves, l'ivraie au froment, le lierre aux murailles ; que le nénuphar, *nymphea heraclia*, aux moines ribauds ; que ne le sont la férule et le bouleau aux écoliers de Navarre ; que le chou ne l'est à la vigne, l'ail à l'aimant, l'oignon aux yeux, la graine de fougère aux femmes enceintes, la semence de saule aux nonnes vicieuses, l'ombre de l'if à ceux qui dorment dessous, l'aconite aux léopards et aux loups, l'odeur du figuier aux taureaux indignés, la ciguë aux oiseaux, le pourpier aux dents, l'huile aux arbres. Car nous avons vu maints de ceux qui, à cause d'un tel usage, finirent leur vie pendus haut et court, à l'exemple de Phyllis reine des Thraces ; de Bonosus, empereur de Rome ; d'Amate, femme du roi Latin ; de Iphis, Auctolia, Licambe, Arachné, Phaeda, Léda, Acheus roi de Lydie, et d'autres : de cela seulement nous sommes indignés que, sans être autrement malades, par le Pantagruelion on leur fermait les conduits par lesquels sortent les bons mots et entrent les bons morceaux, plus vilainement que ne feraient l'angine et l'étouffement mortel.

D'autre part nous les avons entendus, à l'instant où Atropos leur coupait le filet de vie, ils se plaignaient gravement et se lamentaient de ce que Pantagruel les tenait à la gorge. Mais, hélas ! ce n'était pas Pantagruel : il ne fut jamais bourreau ; c'était le Pantagruelion, faisant office de corde et leur servant de foulard. Sinon, qu'on les excuse s'ils parlaient improprement et en solécisme, ou par la figure de synecdoque, prenant l'invention pour l'inventeur, comme on dit Cérès pour pain, Bacchus pour vin. Je vous jure ici, par les bons mots qui sont dans cette bouteille qui rafraîchit l'intérieur du bec, que le noble Pantagruel ne prit jamais personne à la gorge, sinon ceux qui négligent de résister à une soif imminente.

On l'appelle aussi Pantagruelion par similitude. Car Pantagruel, naissant au monde, était aussi grand que l'herbe dont je vous parle, et la mesure en fut alors prise aisément, vu qu'il naquit au temps de la grande soif lorsqu'on cueille ladite herbe et que le chien de la constellation d'Icarius, par les aboiements qu'il fait envers le soleil, rend tout le monde troglodyte et contraint à habiter les caves et les lieux souterrains.

Elle est aussi nommée Pantagruelion à cause de ses vertus et singularités. Car, comme Pantagruel a été l'idée exemplaire de toute joyeuse perfection (je crois que personne de vous autres buveurs n'en doute), de même en Pantagruelion je reconnais tant de vertus, tant d'énergie, tant de perfections, tant d'effets admirables, que si elle eût été connue pour ses qualités, lorsque les arbres (ainsi que l'a relaté le prophète) firent l'élection d'un roi des bois pour les gouverner, elle aurait sans doute emporté la totalité des voix et suffrages.

Dirai-je plus ? Si Oxylus, fils d'Orius, l'avait engendrée de sa sœur Hamadryade, il se serait plus délecté de sa valeur que de ses huit enfants tellement célébrés par nos mythologies, qui ont mis leurs noms dans la mémoire éternelle. La fille aînée eut pour nom Vigne ; le fils puîné eut le nom de Figuier ; l'autre, Noyer ; l'autre, Chêne ; l'autre, Cormier ; l'autre, Fénabrègue ; l'autre, Peuplier ; le dernier eut nom Ormeau et fut un grand chirurgien en son temps.

Il me reste à vous dire comment le jus de Pantagruelion, pressé et instillé dans les oreilles, tue toute espèce de vermine qui y serait née par putréfaction et tout autre animal qui serait entré dedans. Si vous mettez ce jus dans un petit seau d'eau, soudain vous verrez l'eau se cailler comme du lait, tant est grande sa vertu. Et l'eau ainsi caillée est un remède aux chevaux coliqueux et qui tirent au flanc.

Sa racine, cuite à l'eau, ramollit les nerfs tendus, les jointures contractées, les podagres sclérotiques et la goutte nouée.

Si vous voulez rapidement guérir une brûlure, soit d'eau soit de feu, appliquez-y du Pantagruelion cru, c'est-à-dire tel qu'il naît de terre, sans autre appareil ni ingrédient. Et prenez soin de le changer quand vous le verrez se desséchant sur la plaie.

Sans cette plante, la cuisine serait infâme, les tables détestables, fussent-elles couvertes de viandes exquises ; les lits sans délices, même ornés d'or, d'argent, d'or blanc, ivoire et porphyre. Sans elle, les meuniers ne pourraient porter le blé au moulin ni en rapporter la farine. Sans elle, comment seraient portées les plaidoiries des avocats à l'auditoire ? Comment serait, sans elle, porté le plâtre à l'atelier ? Sans elle, comment serait tirée l'eau du puits ? Sans elle, que feraient les tabellions, les copistes, les secrétaires et écrivains ? Les chartes, les titres et actes notariés ne périraient-ils pas ? Le noble art de l'imprimerie ne périrait-il pas ? De quoi seraient faits les châssis ? Comment sonnerait-on les cloches ? C'est d'elle que sont parés les prêtres d'Isis, que sont revêtus les pastophores, et toute la nature humaine en première position.

Tous les arbres à laine du peuple des Sères, les gossampines de Tylos en mer Persique, les cotonniers des Arabes, les vignes de Malte ne vêtent pas autant de personnes que ne le fait cette herbe à elle seule. Elle couvre les armées contre le froid et la pluie, certainement plus commodément que jadis ne le faisaient les peaux de bêtes. Elle protège les théâtres et amphithéâtres contre la chaleur, ceint les bois et les taillis pour le plus grand plaisir des chasseurs, descend en eau douce comme en eau de mer au profit des pêcheurs. Grâce à elles les bottes, bottines, botasses, houzeaux, brodequins, souliers, escarpins, pantoufles, savates sont mis en forme et usage. Par elle les arcs sont tendus, les arbalètes bandées, les frondes faites. Et, comme une herbe sacrée ainsi que la verveine, elle est révérée des Mânes et des Lémures, et les corps humains sans elle ne seraient pas inhumés.

Je dirai plus. Grâce à cette herbe, les substances invisibles visiblement sont arrêtées, prises, détenues et comme mises en prison. Elles sont prises et arrêtées par de grosses et pesantes meules que l'on tourne agilement à l'insigne profit de la vie humaine. Et je m'étonne que l'invention d'un tel usage ait été pendant tant de siècles cachée aux philosophes antiques, vu l'utilité appréciable qui en provient, vu le labeur intolérable que sans elle ils supportaient en leurs moulins.

Grâce à elle, par la rétention des flots de l'air les gros vaisseaux, les amples barques, les forts galions, les nefs de mille et dix mille hommes sont enlevés de leurs stations et poussés au gré de ceux qui les dirigent.

Grâce à elle, les nations que la Nature semblait tenir pour absconses, impénétrables et inconnues, sont venues à nous, et nous à elles : chose que ne feraient pas les oiseaux, quelle que soit la légèreté de leur pennage et quelque liberté de nager dans l'air leur soit accordée par la Nature. Ceylan a vu la Laponie ; Java a vu les monts Riphées ; Phebol verra Thélème ; les Islandais et Groenlandais verront l'Euphrate. Par elle Borée a vu le manoir d'Auster ; Eurus a visité Zéphyr. De sorte que les Intelligences célestes, les Dieux tant marins que terrestres, en ont été tous effrayés, voyant par l'usage de ce Pantagruelion béni, les peuples arctiques, en plein aspect des Antarctiques, franchir la mer Atlantique, passer les deux Tropiques, volter sous la zone torride, mesurer tout le zodiaque, s'ébattre sous l'Equinoxial, avoir l'un et l'autre Pôles en vue à fleur de leur horizon. Les dieux de l'Olympe ont dit en pareil effroi :

« Pantagruel nous a causé des pensées nouvelles et plus contrariantes que ne le firent les géants Aloïdes, par l'usage et les vertus de son herbe. Il sera rapidement marié, et de sa femme aura des enfants. À cette destinée nous ne pouvons contrevenir, car elle est passée par les mains et fuseaux des sœurs fatales, filles de Nécessité. Par ses enfants (peut-être) sera inventée une herbe de semblable énergie, moyennant laquelle les humains pourront visiter les sources des grêles, les bondes des pluies et l'officine des foudres ; ils pourront envahir les régions de la lune, entrer dans le territoire des signes célestes, et là prendre logis, les uns à l'Aigle d'or, les autres au Mouton, les autres à la Couronne, les autres à la Harpe, les autres au Lion d'argent ; ils pourront s'asseoir à table avec nous et prendre nos Déesses pour femmes, ce qui est le seul moyen d'être déifiés. »

Enfin ils ont mis en délibération le moyen d'y faire obstacle lors de leur conseil.

CHAPITRE LII

Comment une certaine espèce de Pantagruelion ne peut être consumée par le feu

Ce que je vous ai dit est grand et admirable. Mais, si vous vouliez vous hasarder à croire quelque autre divinité de ce sacré Pantagruelion, je vous la dirais. Croyez-la ou non, ce m'est tout un. Il me suffit de vous avoir dit la vérité.

Je vous dirai la vérité. Mais, pour y entrer, car elle est d'accès assez scabreux et difficile, je vous demande : si j'avais mis dans cette bouteille deux godets de vin et un d'eau, bien mêlés ensemble, comment les démêleriez-vous ? Comment les sépareriez-vous de manière à ce que vous me rendiez l'eau à part sans le vin, le vin sans l'eau, en mesure pareille à celle que j'avais mise ?

Autrement dit : si vos chartiers et marins, amenant pour la provision de vos maisons un certain nombre de tonneaux, pipes et barriques de vin de Grave, d'Orléans, de Beaune, de Myrevaux, les avaient chapardés et bus à demi, emplissant le reste d'eau, comme font les Limousins à beaux sabots, charriant les vins d'Argenton et Saint-Gaultier, comment en ôteriez-vous l'eau entièrement ? Comment les purifieriez-vous ? J'entends bien, vous me parlez d'un entonnoir de lierre. Cela est écrit. Il est vrai et avéré par mille expériences. Vous le saviez déjà. Mais ceux qui ne l'ont su et ne l'ont jamais vu ne le croiraient pas possible. Passons outre.

Si nous étions du temps de Sylla, Marius, César et autres empereurs romains, ou du temps de nos antiques druides qui faisaient brûler les corps morts de leurs parents et seigneurs, et si vous vouliez boire les cendres de vos femmes ou pères en infusion de quelque bon vin blanc, comme fit Artémis des cendres de Mausolus son mari, ou autrement les réserver entières en quelque urne et reliquaire, comment sauveriez-vous celles-ci en cendres à part et séparées des cendres du bûcher et du feu funéraire ? Répondez.

Par ma figue, vous seriez bien embarrassés ! Je vous en délivre et vous dis que, prenant de ce céleste Pantagruelion autant qu'il en faudrait pour couvrir le corps du défunt, et ayant bien à point enfermé ledit corps dedans, lié et cousu de la même matière, jetez-le dans un feu aussi grand et ardent que vous le voudrez : le feu, à travers le Pantagruelion, brûlera et réduira en cendres le corps et les os, le Pantagruelion non seulement ne sera pas consumé ni brûlé, et ne perdra pas un seul atome des cendres enfermées à l'intérieur, et ne sera pas atteint d'un seul atome des cendres du bûcher, mais en plus il sera extrait du feu plus beau, plus blanc et plus net que vous ne l'y aviez jeté. Pourtant il est appelé *asbeston*, incombustible. Vous en trouverez beaucoup en Carpasie, et sous le climat qui traverse Syéné à bon marché.

Ô chose grande ! Chose admirable ! Le feu qui dévore tout, détruit et consume tout, nettoie, purge et blanchit cette variété carpasienne de Pantagruelion. Si vous vous méfiez de ceci et demandez une preuve et un signe de cet usage, comme les Juifs et les incrédules, prenez un œuf frais et liez-le circulairement avec ce divin Pantagruelion. Ainsi lié, mettez-le dans un brasier aussi grand et ardent que vous le voudrez. Laissez-le aussi longtemps que vous le voudrez. Enfin, vous tirerez l'œuf cuit, dur et brûlé, sans altération, modification ni échauffement du sacré Pantagruelion. Pour moins de cinquante mille écus de Bordeaux modérés à la douzième partie d'une pièce de Poitiers, vous en aurez fait l'expérience.

Ne me confrontez pas ceci à la salamandre : ce serait un abus. Je confesse bien qu'un petit feu de paille la revigore et la réjouit. Mais je vous assure qu'en grande fournaise elle est, comme tout autre être vivant, étouffée et consumée. Nous en avons vu l'expérience. Il y a longtemps que Gallien l'a confirmé et démontré dans le livre III de *Temperamentis*, et Dioscoride le maintient dans son livre II.

Ne m'invoquez pas non plus le sulfate d'alumine, ni la tour de bois au Pyrée que Sylla ne put jamais faire brûler, parce que Archelaus, gouverneur de la ville pour le roi Mithridate, l'avait enduite entièrement d'alum.

Ne me comparez pas à cela cet arbre qu'Alexandre Cornelius nommait *eonem* : il disait que celui-ci était semblable au chêne qui porte le gui et que, comme le gui, il ne pouvait pas être consumé ou endommagé par l'eau ni le feu, et que c'est en cela que le célèbre navire Argos avait été fait et bâti. Cherchez qui peut croire ça ; je m'en excuse.

Ne me citez pas non plus cette espèce d'arbre, aussi mirifique soit-il, que vous voyez du côté des montagnes de Briançon et d'Embrun, et dont la racine nous produit le bon agaric : la résine de son corps est si excellente que Gallien ose la comparer à la térébenthine ; sur ses feuilles délicates se dépose le fin miel du ciel qu'on appelle la manne ; et bien qu'elle soit gommeuse et onctueuse, elle est incombustible par le feu. Vous nommez cet arbre *larix* en grec et latin ; les Alpins le nomment mélèze ; les Antenorides et Vénitiens, *larege*, d'où le mot *Larignum* pour le château en Piémont qui trompa Jules César venant en Gaule.

Jules César avait ordonné à tous les manants et habitants des Alpes et du Piémont qu'ils apportent des vivres et des munitions aux étapes dressées sur la voie militaire, pour le passage de son armée. À cet ordre tous obéirent, excepté ceux de Larigno qui, confiants dans la force naturelle du lieu, refusèrent cette contribution.

Pour les châtier de ce refus, l'empereur fit acheminer son armée droit au lieu. Devant la porte du château, il y avait une tour bâtie de gros chevrons de larix, placés l'un sur l'autre alternativement, comme une pile de bois, montant à une telle hauteur que, des mâchicoulis, on pouvait facilement avec des pierres et des leviers débouter ceux qui approcheraient. Quand César entendit que ceux du dedans n'avaient pas d'autres défenses que des pierres et des leviers, et qu'ils pouvaient à peine les darder jusqu'aux approches, il commanda à ses soldats de jeter autour force fagots et d'y mettre le feu. Ce qui fut fait incontinent. Le feu mis aux fagots, la flamme fut si grande et si haute qu'elle couvrit tout le château. Ils pensèrent que très vite la tour serait brûlée et démolie. Mais, la flamme ayant cessé et les fagots consumés, la tour apparut entière, sans être en rien endommagée. Considérant cela, César commanda que, hors d'atteinte des pierres, on creuse tout autour une tranchée fortifiée.

Et donc les Larignans capitulèrent. Et par leur récit, César connut l'admirable nature de ce bois, qui ne peut devenir ni feu, ni flamme, ni charbon. Et il serait digne pour cette qualité d'être considéré au même degré que le vrai Pantagruelion (et d'autant plus que Pantagruel voulait que de celui-ci soient faits toutes les ouvertures, portes, fenêtres, gouttières, larmiers et le revêtement de Thélème ; pareillement de celui-ci il fit couvrir les poupes, proues, fourneaux, tillacs, coursives et rambardes de ses caraques, navires, galères, galions, brigantins, fustes et autres vaisseaux de son arsenal de Thalasse), si ce n'est que le larix dans une fournaise de feu provenant d'autres espèces de bois, est enfin corrompu et dissipé, comme le sont les pierres dans un fourneau de chaux : tandis que le Pantagruelion asbeste y est plutôt renouvelé et nettoyé que corrompu ou altéré. Pourtant,

> Indiens, cessez, Arabes, Sabiens,
> De louanger vos myrrhe, encens, ébène.
> Venez ici reconnaître nos biens,
> Et emportez de notre herbe la graine ;
> Puis, si chez vous il peut croître en bonne étrenne,

Rendez grâce aux cieux un million,
et affirmez de France heureux le royaume
D'où provient le Pantagruelion.

Fin du *Tiers Livre des faicts et dicts héroïques du bon Pantagruel.*

Confitures divines

L'intrigue de ce roman-feuilleton au succès durable, qui apporta à son auteur gloire et fortune, peut se résumer comme suit : accusé injustement, Edmond Dantès est emprisonné ; il s'évade, récupère le trésor de son compagnon de cellule et, devenu immensément riche, se venge implacablement de tous ceux qui l'ont trahi.

Dans cet extrait, le personnage porte le masque de l'aventurier bienfaiteur et le nom d'un protagoniste des Mille et Une Nuits *: Simbad le marin. Il invite le jeune Franz d'Épinay, qui a débarqué sur l'île de Monte-Cristo pour y chasser des chèvres sauvages, à dîner.*

Le haschich est montré ici comme le cadeau suprême, qui permet de devenir « roi du monde, roi de l'univers, roi de la création » : l'invitation ressemble à celle du tentateur de la Genèse. Et c'est bien de cela qu'il s'agit : en lui ouvrant les portes d'un monde séduisant, Simbad, alias Monte-Cristo, initie Franz, qui se fait appeler Aladin, à la consommation d'une volupté luxueuse et interdite. La stratégie du Vieux de la Montagne, qu'il évoque d'ailleurs en cours de conversation, est utilisée dans le même but : s'assurer la fidélité par la gratitude. La confiture magique est ici un instrument de manipulation.

Alexandre Dumas
(1802-1870)

Le comte de Monte-Cristo
(1844-1845)

ITALIE – « SIMBAD LE MARIN »

Cependant, le souper s'avançait et paraissait avoir été servi à la seule intention de Franz ; car à peine si l'inconnu avait touché du bout des dents à un ou deux plats du splendide festin qu'il lui avait offert, et auquel son convive inattendu, avait fait si largement honneur.

Enfin, Ali apporta le dessert, ou plutôt prit les corbeilles des mains des statues et les posa sur la table.

Entre les deux corbeilles, il plaça une petite coupe de vermeil fermée par un couvercle de même métal.

Le respect avec lequel Ali avait apporté cette coupe piqua la curiosité de Franz. Il leva le couvercle et vit une espèce de pâte verdâtre qui ressemblait à des confitures d'angélique, mais qui lui était parfaitement inconnue.

Il replaça le couvercle, aussi ignorant de ce que la coupe contenait après avoir remis le couvercle qu'avant de l'avoir levé, et, en reportant les yeux sur son hôte, il le vit sourire de son désappointement.

« Vous ne pouvez pas deviner, lui dit celui-ci, quelle espèce de comestible contient ce petit vase, et cela vous intrigue, n'est-ce pas ?

— Je l'avoue.

— Eh bien, cette sorte de confiture verte n'est ni plus ni moins que l'ambroisie qu'Hébé servait à la table de Jupiter.

— Mais cette ambroisie, dit Franz, a sans doute, en passant par la main des hommes, perdu son nom céleste pour prendre un nom humain ; en langue vulgaire, comment cet ingrédient, pour lequel, au reste, je ne me sens pas une grande sympathie, s'appelle-t-il ?

— Eh ! voilà justement ce qui révèle notre origine matérielle, s'écria Simbad ; souvent nous passons ainsi auprès du bonheur sans le voir, sans le regarder, ou, si nous l'avons vu et regardé, sans le reconnaître. Êtes-vous un homme positif et l'or est-il votre dieu, goûtez à ceci, et les mines du Pérou, de Guzerate et de Golconde vous seront ouvertes. Êtes-vous un homme d'imagination, êtes-vous poète, goûtez encore à ceci, et les barrières du possible disparaîtront ; les champs de l'infini vont s'ouvrir, vous vous promènerez, libre de cœur, libre d'esprit, dans le domaine sans bornes de la rêverie. Êtes-vous ambitieux, courez-vous après les grandeurs de la terre, goûtez de ceci toujours, et dans une heure vous serez roi, non pas roi d'un petit royaume caché dans un coin de l'Europe, comme la France, l'Espagne ou l'Angleterre, mais roi du monde, roi de l'univers, roi de la création. Votre trône sera dressé sur la montagne où Satan emporta Jésus ; et, sans avoir besoin de lui faire hommage, sans être forcé de lui baiser la griffe, vous serez le souverain maître de tous les royaumes de la terre. N'est-ce pas tentant, ce que je vous offre là, dites, et n'est-ce pas une chose bien facile puisqu'il n'y a que cela à faire ? Regardez. »

À ces mots, il découvrit à son tour la petite coupe de vermeil qui contenait la substance tant louée, prit une cuillerée à café des confitures magiques, la porta à sa bouche et la savoura lentement, les yeux à moitié fermés, et la tête renversée en arrière.

Franz lui laissa tout le temps d'absorber son mets favori ; puis, lorsqu'il le vit un peu revenu à lui :

« Mais enfin, dit-il, qu'est-ce que ce mets si précieux ?

— Avez-vous entendu parler du Vieux de la Montagne, lui demanda son hôte, le même qui voulut faire assassiner Philippe Auguste ?

— Sans doute.

— Eh bien ! vous savez qu'il régnait sur une riche vallée qui dominait la montagne d'où il avait pris son nom pittoresque. Dans cette vallée étaient de magnifiques jardins plantés par Hassen-ben-Sabah et, dans ces jardins, des pavillons isolés. C'est dans ces pavillons qu'il faisait entrer ses élus, et là il leur faisait manger, dit Marco Polo, une certaine herbe qui les transportait dans le paradis, au milieu de plantes toujours fleuries, de fruits toujours mûrs, de femmes toujours vierges. Or, ce que ces jeunes gens bienheureux prenaient pour la réalité, c'était un rêve ; mais un rêve si doux, si enivrant, si voluptueux, qu'ils se vendaient corps et âme à celui qui le leur avait donné, et qu'obéissant à ses ordres comme à ceux de Dieu, ils allaient frapper au bout du monde la victime indiquée, mourant dans les tortures sans se plaindre, à la seule idée que la mort qu'ils subissaient n'était qu'une transition à cette vie de délices dont cette herbe sainte, servie devant vous, leur avait donné un avant-goût.

— Alors, s'écria Franz, c'est du hachisch ! Oui, je connais cela, de nom du moins.

— Justement, vous avez dit le mot, seigneur Aladin, c'est du hachisch, tout ce qui se fait de meilleur et de plus pur en hachisch à Alexandrie, du hachisch d'Abougor, le grand faiseur, l'homme unique, l'homme à qui l'on devrait bâtir un palais avec cette inscription : *Au marchand du bonheur, le monde reconnaissant.*

— Savez-vous, lui dit Franz, que j'ai bien envie de juger par moi-même de la vérité ou de l'exagération de vos éloges ?

— Jugez par vous-même, mon hôte, jugez ; mais ne vous en tenez pas à une première expérience : comme en toute chose, il faut habituer les sens à une impression nouvelle, douce ou violente, triste ou joyeuse. Il y a une lutte de la nature contre cette divine substance, de la nature qui n'est pas faite pour la joie et qui se cramponne à la douleur. Il faut que la nature vaincue succombe dans le combat, il faut que la réalité succède au rêve : et alors le rêve règne en maître, alors c'est le rêve qui devient la vie et la vie qui devient le rêve : mais quelle différence dans cette transfiguration ! c'est-à-dire qu'en comparant les douleurs de l'existence réelle aux jouissances de l'existence factice, vous ne voudrez plus vivre jamais, et que vous voudrez rêver toujours. Quand vous quitterez votre monde à vous pour le monde des autres, il vous semblera passer d'un printemps napolitain à un hiver lapon, il vous semblera quitter le paradis pour la terre, le ciel pour l'enfer. Goûtez du hachisch, mon hôte ! goûtez-en ! »

Pour toute réponse, Franz prit une cuillerée de cette pâte merveilleuse, mesurée sur celle qu'avait prise son amphitryon, et la porta à sa bouche.

« Diable ! fit-il après avoir avalé ces confitures divines, je ne sais pas encore si le résultat sera aussi agréable que vous le dites, mais la chose ne me paraît pas aussi succulente que vous l'affirmez.

— Parce que les houppes de votre palais ne sont pas encore faites à la sublimité de la substance qu'elles dégustent. Dites-moi : est-ce que dès la première fois vous avez aimé les huîtres, le thé, le porter, les truffes, toutes choses que vous avez adorées par la suite ? Est-ce que vous comprenez les Romains, qui assaisonnaient les faisans avec de l'assa-fœtida, et les Chinois, qui mangent des nids d'hirondelles ? Eh ! mon Dieu, non. Eh bien ! il en est de même du hachisch : mangez-en huit jours de suite seulement, nulle nourriture au monde ne vous paraîtra atteindre à la finesse de ce goût qui vous paraît peut-être aujourd'hui fade et nauséabond. D'ailleurs, passons dans la chambre à côté, c'est-à-dire dans votre chambre, et Ali va nous servir le café et nous donner des pipes. »

Tous deux se levèrent, et, pendant que celui qui s'était donné le nom de Simbad, et que nous avons ainsi nommé de temps en temps, de façon à pouvoir, comme son convive, lui donner une dénomination quelconque, donnait quelques ordres à son domestique, Franz entra dans la chambre attenante.

Celle-ci était d'un ameublement plus simple quoique non moins riche. Elle était de forme ronde, et un grand divan en faisait tout le tour. Mais divan, murailles, plafonds et parquets étaient tout tendus de peaux magnifiques, douces et moelleuses comme les plus moelleux tapis ; c'étaient des peaux de lions de l'Atlas aux puissantes crinières ; c'étaient des peaux de tigres du Bengale aux chaudes rayures, des peaux de panthères du Cap tachetées joyeusement comme celle qui apparaît à Dante, enfin des peaux d'ours de Sibérie, de renards de Norvège, et toutes ces peaux étaient jetées en profusion les unes sur les autres, de façon qu'on eût cru marcher sur le gazon le plus épais et reposer sur le lit le plus soyeux.

Tous deux se couchèrent sur le divan ; des chibouques aux tuyaux de jasmin et aux bouquins d'ambre étaient à la portée de la main, et toutes préparées pour qu'on n'eût pas besoin de fumer deux fois dans la même. Ils en prirent chacun une. Ali les alluma, et sortit pour aller chercher le café.

Il y eut un moment de silence, pendant lequel Simbad se laissa aller aux pensées qui semblaient l'occuper sans cesse, même au milieu de sa conversation, et Franz s'abandonna à cette rêverie muette dans laquelle on tombe presque toujours en fumant d'excellent tabac, qui semble emporter avec la fumée toutes les peines de l'esprit et rendre en échange au fumeur tous les rêves de l'âme.

Ali apporta le café.

« Comment le prendrez-vous ? dit l'inconnu : à la française ou à la turque, fort ou léger, sucré ou non sucré, passé ou bouilli ? à votre choix : il y en a de préparé de toutes les façons.

— Je le prendrai à la turque, répondit Franz.

— Et vous avez raison, s'écria son hôte ; cela prouve que vous avez des dispositions pour la vie orientale. Ah ! les Orientaux, voyez-vous, ce sont les seuls hommes qui sachent vivre ! Quant à moi », ajouta-t-il avec un de ces singuliers sourires qui n'échappaient pas au jeune homme, « quand j'aurai fini mes affaires à Paris, j'irai mourir en Orient ; et si vous voulez me retrouver alors, il faudra venir me chercher au Caire, à Bagdad, ou à Ispahan.

— Ma foi, dit Franz, ce sera la chose du monde la plus facile, car je crois qu'il me pousse des ailes d'aigle, et, avec ces ailes, je ferais le tour du monde en vingt-quatre heures.

— Ah ! ah ! c'est le hachisch qui opère ; eh bien ! ouvrez vos ailes et envolez-vous dans les régions surhumaines : ne craignez rien, on veille sur vous, et si, comme celles d'Icare, vos ailes fondent au soleil, nous sommes là pour vous recevoir. »

Alors il dit quelques mots arabes à Ali, qui fit un geste d'obéissance et se retira, mais sans s'éloigner.

Quant à Franz, une étrange transformation s'opérait en lui. Toute la fatigue physique de la journée, toute la préoccupation d'esprit qu'avaient fait naître les événements du soir disparaissaient comme dans ce premier moment de repos où l'on vit encore assez pour sentir venir le sommeil. Son corps semblait acquérir une légèreté immatérielle, son esprit s'éclaircissait d'une façon inouïe, ses sens semblaient doubler leurs facultés ; l'horizon allait toujours s'élargissant, mais non plus cet horizon sombre sur lequel planait une vague terreur et qu'il avait vu avant son sommeil, mais un horizon bleu, transparent, vaste avec tout ce que la mer a d'azur, avec tout ce que le soleil a de paillettes, avec tout ce que la brise a de parfums ; puis, au milieu des chants de ses matelots, chants si limpides et si clairs qu'on en eût fait une harmonie divine si on eût pu les noter, il voyait apparaître l'île de Monte-Cristo, non plus comme un écueil menaçant sur les vagues, mais comme une oasis perdue dans le désert ; puis à mesure que la barque approchait, les chants devenaient plus nombreux, car une harmonie enchanteresse et mystérieuse montait de cette île à Dieu, comme si quelque fée, comme Lorelay, ou quelque enchanteur comme Amphion, eût voulu y attirer une âme ou y bâtir une ville.

Enfin la barque toucha la rive, mais sans effort, sans secousse, comme les lèvres touchent les lèvres, et il rentra dans la grotte sans que cette musique charmante cessât. Il descendit ou plutôt il lui sembla descendre quelques marches, respirant cet air frais et embaumé comme celui qui devait régner autour de la grotte de Circé, fait de tels parfums qu'ils font rêver l'esprit, de telles ardeurs qu'elles font briller les sens, et il revit tout ce qu'il avait vu avant son sommeil, depuis Simbad, l'hôte fantastique, jusqu'à Ali, le serviteur muet ; puis tout sembla s'effacer et se confondre sous ses yeux, comme les dernières ombres d'une lanterne magique qu'on éteint, et il se retrouva dans la chambre aux Statues, éclairée seulement d'une de ces lampes antiques et pâles qui veillent au milieu de la nuit sur le sommeil ou la volupté.

C'étaient bien les mêmes statues riches de formes, de luxure et de poésie, aux yeux magnétiques, aux sourires lascifs, aux chevelures opulentes. C'étaient Phryné, Cléopâtre, Messaline, ces trois grandes courtisanes : puis au milieu de ces ombres impudiques se glissait, comme un rayon pur, comme un ange chrétien au milieu de l'Olympe, une de ces figures chastes, une de ces ombres calmes, une de ces visions douces qui semblait voiler son front virginal sous toutes ces impuretés de marbre.

Alors il lui parut que ces trois statues avaient réuni leurs trois amours pour un seul homme, et que cet homme c'était lui, qu'elles s'approchaient du lit où il rêvait un second sommeil, les pieds perdus dans leurs longues tuniques blanches, la gorge nue, les cheveux se déroulant comme une onde, avec une de ces poses auxquelles succombaient les dieux, mais auxquelles résistaient les saints, avec un de ces regards inflexibles et ardents comme celui du serpent sur l'oiseau, et qu'il s'abandonnait à ces regards douloureux comme une étreinte, voluptueux comme un baiser.

Il sembla à Franz qu'il fermait les yeux, et qu'à travers le dernier regard qu'il jetait autour de lui il entrevoyait la statue pudique qui se voilait entièrement ; puis ses yeux fermés aux choses réelles, ses sens s'ouvrirent aux impressions impossibles.

Alors ce fut une volupté sans trêve, un amour sans repos, comme celui que promettait le Prophète à ses élus. Alors toutes ces bouches de pierre se firent vivantes, toutes ces poitrines se firent chaudes, au point que pour Franz, subissant pour la première fois l'empire du hachisch, cet amour était presque une douleur, cette volupté presque une torture, lorsqu'il sentait passer sur sa bouche altérée les lèvres de ces statues, souples et froides comme les anneaux d'une couleuvre ; mais plus ses bras tentaient de repousser cet amour inconnu, plus ses sens subissaient le charme de ce songe mystérieux, si bien qu'après une lutte pour laquelle on eût donné son âme, il s'abandonna sans réserve et finit par retomber haletant, brûlé de fatigue, épuisé de volupté, sous les baisers de ces maîtresses de marbre et sous les enchantements de ce rêve inouï.

Des abîmes de délices

Grand voyageur, poète, journaliste, romancier, ami des plus grands écrivains de son temps (Balzac, Hugo, Nerval, Baudelaire enfin qui lui dédicace les Fleurs du Mal*), Théophile Gautier fut aussi l'un des premiers maîtres du récit fantastique. Si beaucoup de ses contes sont marqués par l'influence d'Hoffmann, maître allemand du genre,* Le club des haschichins *en revanche ne doit rien à personne, puisqu'il est le fruit d'une expérience personnelle : Gautier relate assez précisément les soirées passées à l'hôtel Pimodan. Tout le fantastique réside ici dans l'état modifié de la conscience et l'altération de la perception. Gautier avait déjà rendu compte des effets du haschich dans un article paru dans la presse en 1843 et en reparlera dans son étude sur Baudelaire en 1868.*

Il en résume ainsi les effets : « Ce qu'on voit, c'est soi-même agrandi, sensibilisé, excité démesurément, hors du temps et de l'espace, dont la notion disparaît, dans un milieu d'abord réel, mais qui bientôt se déforme, s'accentue, s'exagère et où chaque détail, d'une intensité extrême, prend une importance surnaturelle, mais aisément compréhensible pour le mangeur de haschich, qui devine des correspondances mystérieuses entre ces images souvent disparates. » Exactement un siècle avant les fêtes de la contre-culture psychédélique, il donne ce conseil : « Si l'on veut jouir pleinement des magies du haschich, il faut les préparer d'avance et fournir en quelque sorte les motifs à ses variations extravagantes. » Mais il rejoint finalement le point de vue des Paradis artificiels *: « Après une dizaine d'expériences, nous* *renonçâmes pour toujours à cette drogue enivrante, non qu'elle nous eût fait mal physiquement, mais le vrai littérateur n'a besoin que de ses rêves naturels, et il n'aime pas que sa pensée subisse l'influence d'un agent quelconque.* »

Théophile Gautier

(1811-1872)

Paru dans *La Revue des deux mondes* (1846),

« Le club des haschichins »

FANTASIA

Je regardai alors au plafond, et j'aperçus une foule de têtes sans corps comme celles des chérubins, qui avaient des expressions si comiques, des physionomies si joviales et si profondément heureuses, que je ne pouvais m'empêcher de partager leur hilarité.

— Leurs yeux se plissaient, leurs bouches s'élargissaient, et leurs narines se dilataient ; c'étaient des grimaces à réjouir le spleen en personne. Ces masques bouffons se mouvaient dans des zones tournant en sens inverse, ce qui produisait un effet éblouissant et vertigineux.

Peu à peu le salon s'était rempli de figures extraordinaires, comme on n'en trouve que dans les eaux-fortes de Callot et dans les aquatintes de Goya : un pêle-mêle d'oripeaux et de haillons caractéristiques, de formes humaines et bestiales ; en toute autre occasion, j'eusse été peut-être inquiet d'une pareille compagnie, mais il n'y avait rien de menaçant dans ces monstruosités. C'était la malice, et non la férocité qui faisait pétiller ces prunelles. La bonne humeur seule découvrait ces crocs désordonnés et ces incisives pointues.

Comme si j'avais été le roi de la fête, chaque figure venait tour à tour dans le cercle lumineux dont j'occupais le centre, avec un air de componction grotesque, me marmotter à l'oreille des plaisanteries dont je ne puis me rappeler une seule, mais qui, sur le moment, me paraissaient prodigieusement spirituelles, et m'inspiraient la gaieté la plus folle.

À chaque nouvelle apparition, un rire homérique, olympien, immense, étourdissant, et qui semblait résonner dans l'infini, éclatait autour de moi avec des mugissements de tonnerre.

Des voix tour à tour glapissantes ou caverneuses criaient :

« Non, c'est trop drôle ; en voilà assez ! Mon Dieu, mon Dieu, que je m'amuse ! De plus fort en plus fort !

— Finissez ! je n'en puis plus... Ho ! ho ! hu ! hu ! hi ! hi ! Quelle bonne farce ! Quel beau calembour !

— Arrêtez ! j'étouffe ! j'étrangle ! Ne me regardez pas comme cela... ou faites-moi cercler, je vais éclater... »

Malgré ces protestations moitié bouffonnes, moitié suppliantes, la formidable hilarité allait toujours croissant, le vacarme augmentait d'intensité, les planchers et les murailles de la maison se soulevaient et palpitaient comme un diaphragme humain, secoués par ce rire frénétique, irrésistible, implacable.

Bientôt, au lieu de venir se présenter à moi un à un, les fantômes grotesques m'assaillirent en masse, secouant leurs longues manches de pierrot, trébuchant dans les plis de leur souquenille de magicien, écrasant leur nez de carton dans des chocs ridicules, faisant voler en nuage la poudre de leur perruque, et chantant faux des chansons extravagantes sur des rimes impossibles.

Tous les types inventés par la verve moqueuse des peuples et des artistes se trouvaient réunis là, mais décuplés, centuplés de puissance. C'était une cohue étrange : le pulcinella napolitain tapait familièrement sur la bosse du punch anglais ; l'arlequin de Bergame frottait son museau noir au masque enfariné du paillasse de France, qui poussait des cris affreux ; le docteur bolonais jetait du tabac dans les yeux du père Cassandre ; Tartaglia galopait à cheval sur un clown, et Gilles donnait du pied au derrière à son don Spavento ; Karagheuz, armé de son bâton obscène, se battait en duel avec un bouffon Osque.

Plus loin se démenaient confusément les fantaisies des songes drolatiques, créations hybrides, mélange informe de l'homme, de la bête et de l'ustensile, moines ayant des roues pour pieds et des marmites pour ventre, guerriers bardés de vaisselle brandissant des sabres de bois dans des serres d'oiseau, hommes d'État mus par des engrenages de tournebroche, rois plongés à mi-corps dans des échauguettes en poivrière, alchimistes à la tête arrangée en soufflet, aux membres contournés en alambics, ribaudes faites d'une agrégation de citrouilles à renflements bizarres, tout ce que peut tracer dans la fièvre chaude du crayon un cynique à qui l'ivresse pousse le coude.

Cela grouillait, cela rampait, cela trottait, cela sautait, cela grognait, cela sifflait, comme dit Goethe dans la nuit du Walpurgis.

Pour me soustraire à l'empressement outré de ces baroques personnages, je me réfugiai dans un angle obscur, d'où je pus les voir se livrant à des danses telles que n'en connut jamais la Renaissance au temps de Chicard, ou l'Opéra sous le règne de Mussard, le roi du quadrille échevelé. Ces danseurs, mille fois supérieurs à Molière, à Rabelais, à Swift et à Voltaire, écrivaient, avec un entrechat ou un balancé, des comédies si profondément philosophiques, des satires d'une si haute portée et d'un sel si piquant, que j'étais obligé de me tenir les côtes dans mon coin..

Daucus-Carota exécutait, tout en s'essuyant les yeux, des pirouettes et des cabrioles inconcevables, surtout pour un homme qui avait des jambes en racine de mandragore, et répétait d'un ton burlesquement piteux :

« C'est aujourd'hui qu'il faut mourir de rire ! »

Ô vous qui avez admiré la sublime stupidité d'Odry, la niaiserie enrouée d'Alcide Tousez, la bêtise pleine d'aplomb d'Amal, les grimaces de macaque de Ravel, et qui croyez savoir ce que c'est qu'un masque comique, si vous aviez assisté à ce bal de *Gustave* évoqué par le hachich, vous conviendriez que les farceurs les plus désopilants de nos petits théâtres sont bons à sculpter aux angles d'un catafalque ou d'un tombeau !

Que de faces bizarrement convulsées ! que d'yeux clignotants et pétillants de sarcasmes sous leur membrane d'oiseau ! quels rictus de tirelire ! quelles bouches en coups de hache ! quels nez facétieusement dodécaèdres ! quels abdomens gros de moqueries pantagruéliques !

Comme à travers tout ce fourmillement de cauchemar sans angoisse se dessinaient par éclairs des ressemblances soudaines et d'un effet irrésistible, des caricatures à rendre jaloux Daumier et Gavarni, des fantaisies à faire pâmer d'aise les merveilleux artistes chinois, les Phidias du poussah et du magot !

Toutes les visions n'étaient pas cependant monstrueuses ou burlesques ; la grâce se montrait aussi dans ce carnaval de formes : près de la cheminée, une petite tête aux joues de pêche se roulait sur ses cheveux blonds, montrant dans un interminable accès de gaieté trente-deux petites dents grosses comme des grains de riz, et poussant un éclat de rire aigu, vibrant, argentin, prolongé, brodé de trilles et de points d'orgue, qui me traversait le tympan, et, par un magnétisme nerveux, me forçait à commettre une foule d'extravagances.

La frénésie joyeuse était à son plus haut point ; on n'entendait plus que des soupirs convulsifs, des gloussements inarticulés. Le rire avait perdu son timbre et tournait au grognement, le spasme succédait au plaisir ; le refrain de Daucus-Carota allait devenir vrai.

Déjà plusieurs hachichins anéantis avaient roulé à terre avec cette molle lourdeur de l'ivresse qui rend les chutes peu dangereuses ; des exclamations telles que celles-ci : « – Mon Dieu, que je suis heureux ! quelle félicité ! je nage dans l'extase ! je suis en paradis ! je plonge dans les abîmes de délices ! » se croisaient, se confondaient, se couvraient.

Des cris rauques jaillissaient des poitrines oppressées ; les bras se tendaient éperdument vers quelque vision fugitive ; les talons et les nuques tambourinaient sur le plancher. Il était temps de jeter une goutte d'eau froide sur cette vapeur brûlante, ou la chaudière eût éclaté.

L'enveloppe humaine, qui a si peu de force pour le plaisir, et qui en a tant pour la douleur, n'aurait pu supporter une plus haute pression de bonheur.

Un des membres du club, qui n'avait pas pris part à la voluptueuse intoxication afin de surveiller la fantasia et d'empêcher de passer par les fenêtres ceux d'entre nous qui se seraient cru des ailes, se leva, ouvrit la caisse du piano et s'assit. Ses deux mains, tombant ensemble, s'enfoncèrent dans l'ivoire du clavier, et un glorieux accord résonnant avec force fit taire toutes les rumeurs et changea la direction de l'ivresse.

KIEF

Le thème attaqué était, je crois, l'air d'Agathe dans le *Freyschütz* ; cette mélodie céleste eut bientôt dissipé, comme un souffle qui balaie des nuées difformes, les visions ridicules dont j'étais obsédé. Les larves grimaçantes se retirèrent en rampant sous les fauteuils, où elles se cachèrent entre les plis des rideaux en poussant de petits soupirs étouffés, et de nouveau il me sembla que j'étais seul dans le salon.

L'orgue colossal de Fribourg ne produit pas, à coup sûr, une masse de sonorité plus grande que le piano touché par le *voyant* (on appelle ainsi l'adepte sobre). Les notes vibraient avec tant de puissance, qu'elles m'entraient dans la poitrine comme des flèches lumineuses ; bientôt l'air joué me parut sortir de moi-même ; mes doigts s'agitaient sur un clavier absent ; les sons en jaillissaient bleus et rouges, en étincelles électriques ; l'âme de Weber s'était incarnée en moi.

Le morceau achevé, je continuai par des improvisations intérieures, dans le goût du maître allemand, qui me causaient des ravissements ineffables ; quel dommage qu'une sténographie magique n'ait pu recueillir ces mélodies inspirées, entendues de moi seul, et que je n'hésite pas, c'est bien modeste de ma part, à mettre au-dessus des chefs-d'œuvre de Rossini, de Meyerbeer, de Félicien David.

Ô Pillet ! ô Vatel ! un des trente opéras que je fis en dix minutes vous enrichirait en six mois.

À la gaieté un peu convulsive du commencement avait succédé un bien-être indéfinissable, un calme sans bornes.

J'étais dans cette période bienheureuse du hachich que les Orientaux appellent le *kief*. Je ne sentais plus mon corps ; les liens de la matière et de l'esprit étaient déliés ; je me mouvais par ma seule volonté dans un milieu qui n'offrait pas de résistance.

C'est ainsi, je l'imagine, que doivent agir les âmes dans le monde aromal où nous irons après notre mort.

Une vapeur bleuâtre, un jour élyséen, un reflet de grotte azurine, formaient dans la chambre une atmosphère où je voyais vaguement trembler des contours indécis ; cette atmosphère, à la fois fraîche et tiède, humide et parfumée, m'enveloppait, comme l'eau d'un bain, dans un baiser d'une douceur énervante ; si je voulais changer de place, l'air caressant faisait autour de moi mille remous voluptueux, une langueur délicieuse s'emparait de mes sens et me renversait sur le sofa, où je m'affaissais comme un vêtement qu'on abandonne.

Je compris alors le plaisir qu'éprouvent, suivant leur degré de perfection, les esprits et les anges en traversant les éthers et les cieux, et à quoi l'éternité pouvait s'occuper dans les paradis.

Rien de matériel ne se mêlait à cette extase ; aucun désir terrestre n'en altérait la pureté. D'ailleurs, l'amour lui-même n'aurait pu l'augmenter, Roméo hachichin eût oublié Juliette. La pauvre enfant, se penchant dans les jasmins, eût tendu en vain du haut du balcon, à travers la nuit, ses beaux bras d'albâtre, Roméo serait resté au bas de l'échelle de soie, et, quoique je sois éperdument amoureux de l'ange de jeunesse et de beauté créé par Shakespeare, je dois convenir que la plus belle fille de Vérone, pour un hachichin, ne vaut pas la peine de se déranger.

« Le calife et le haschich »

Le 1er janvier 1843, Gérard de Nerval s'embarque à Marseille pour un voyage dont les principales étapes sont Malte, Syra, Alexandrie, Le Caire, Damiette (notamment la forteresse d'Alamont où séjourna le Vieux de la Montagne), Beyrouth et Constantinople. Ce périple lui donnera la matière de nombreux articles sur l'Orient, qu'il fournit à partir de 1844 à diverses gazettes comme L'artiste *ou* La Revue des deux mondes. *Il en tire un livre,* le Voyage en Orient, *en 1846.*

*Le genre était alors en vogue, depuis l'*Itinéraire de Paris à Jérusalem *de Chateaubriand et Lamartine avait lui aussi publié un* Voyage en Orient *en 1835. Ici, le narrateur brode volontiers et évoque des lieux où le vrai Nerval n'a pas mis les pieds. Il prétend de même que l'histoire du calife Hakem lui a été racontée par un cheik : c'est en fait dans* l'Exposé de la religion des Druses, *tiré des livres religieux de cette secte et précédé de la vie du khalife Hakem-Biamr-Allah de Silvestre de Sacy (1838) qu'il en trouve le récit.*

Le haschich est ici le point de départ de l'intrigue : toutes les mésaventures (égarement, folie, malentendus, emprisonnement) découlent du dérèglement initial. Nerval mêle à son récit des éléments exotiques qui le rapprochent des Contes des Mille et Une Nuits. *Mais on retrouve aussi quelques-unes de ses obsessions personnelles : la folie et l'internement (qu'il a connus peu avant son départ en Orient), le dédoublement et la dissociation de la personnalité, l'estompement des limites entre rêve et réalité, enfin cette figure de femme mystérieuse et presque inaccessible que l'on retrouve dans* Aurélia *et* les Filles du feu, *autant de thèmes qui parcourent toute son œuvre, et donnent ici un frisson inédit à cette miniature orientale.*

Gérard de Nerval

(1808-1855)

Le Voyage en Orient

« Druses et Maronites » (1851)

HISTOIRE DU CALIFE HAKEM

Le hachisch

Sur la rive droite du Nil, à quelque distance du port de Fostat, où se trouvent les ruines du vieux Caire, non loin de la montagne du Mokattam, qui domine la ville nouvelle, il y avait quelque temps après l'an 1000 des chrétiens, qui se rapporte au quatrième siècle de l'hégire musulmane, un petit village habité en grande partie par des gens de la secte des sabéens.

Des dernières maisons qui bordent le fleuve, on jouit d'une vue charmante ; le Nil enveloppe de ses flots caressants l'île de Roddah, qu'il a l'air de soutenir comme une corbeille de fleurs qu'un esclave porterait dans ses bras. Sur l'autre rive, on aperçoit Gizeh, et le soir, lorsque le soleil vient de disparaître, les pyramides déchirent de leurs triangles gigantesques la bande de brume violette du couchant. Les têtes des palmiers-doums, des sycomores et des figuiers de Pharaon se détachent en noir sur ce fond clair. Des troupeaux de buffles que semble garder de loin le sphinx, allongé dans la plaine comme un chien en arrêt, descendent par longues files à l'abreuvoir, et les lumières des pêcheurs piquent d'étoiles d'or l'ombre opaque des berges.

Au village des sabéens, l'endroit où l'on jouissait le mieux de cette perspective était un *okel* aux blanches murailles, entouré de caroubiers, dont la terrasse avait le pied clans l'eau, et où toutes les nuits les bateliers qui descendaicnt ou remontaient le Nil pouvaient voir trembloter les veilleuses nageant dans des flaques d'huile.

À travers les baies des arcades, un curieux placé dans une cange au milieu du fleuve aurait aisément discerné dans l'intérieur de l'okel les voyageurs et les habitués assis devant de petites tables sur des cages de bois de palmier ou des divans recouverts de nattes, et se fût assurément étonné de leur aspect étrange. Leurs gestes extravagants suivis d'une immobilité stupide, les rires insensés, les cris inarticulés qui s'échappaient par instants de leur poitrine, lui eussent fait deviner une de ces maisons où, bravant les défenses, les infidèles vont s'enivrer de vin, de *houza* (bière) ou de hachisch.

Un soir, une barque dirigée avec la certitude que donne la connaissance des lieux, vint aborder dans l'ombre de la terrasse, au pied d'un escalier dont l'eau baisait les premières marches, et il s'en élança un jeune homme de bonne mine, qui semblait un pêcheur, et qui, montant les degrés d'un pas ferme et rapide, s'assit dans l'angle de la salle à une place qui paraissait la sienne. Personne ne fit attention à sa venue ; c'était évidemment un habitué.

Au même moment, par la porte opposée, c'est-à-dire du côté de la terre, entrait un homme vêtu d'une tunique de laine noire, portant, contre la coutume, de longs cheveux sous un *takieh* (bonnet blanc).

Son apparition inopinée causa quelque surprise. Il s'assit dans un coin à l'ombre, et, l'ivresse générale reprenant le dessus, personne bientôt ne fit attention à lui. Quoique ses vêtements fussent misérables, le nouveau venu ne portait pas sur sa figure l'humilité inquiète de la misère. Ses traits, fermement dessinés, rappelaient les lignes sévères du masque léonin. Ses yeux, d'un bleu sombre comme celui du saphir, avaient une puissance indéfinissable ; ils effrayaient et charmaient à la fois.

Yousouf, c'était le nom du jeune homme amené par la cange, se sentit tout de suite au cœur une sympathie secrète pour l'inconnu dont il avait remarqué la présence inaccoutumée. N'ayant pas encore pris part à l'orgie, il se rapprocha du divan sur lequel s'était accroupi l'étranger.

« Frère, dit Yousouf, tu parais fatigué ; sans doute tu viens de loin ? Veux-tu prendre quelque rafraîchissement ?

— En effet, ma route a été longue, répondit l'étranger. Je suis entré dans cet okel pour me reposer ; mais que pourrais-je boire ici, où l'on ne sert que des breuvages défendus ?

— Vous autres musulmans, vous n'osez mouiller vos lèvres que d'eau pure ; mais nous, qui sommes de la secte des sabéens, nous pouvons, sans offenser notre loi, nous désaltérer du généreux sang de la vigne ou de la blonde liqueur de l'orge.

— Je ne vois pourtant devant toi aucune boisson fermentée ?

— Oh ! il y a longtemps que j'ai dédaigné leur ivresse grossière, dit Yousouf en faisant signe à un Noir qui posa sur la table deux petites tasses de verre entourées de filigrane d'argent et une boîte remplie d'une pâte verdâtre où trempait une spatule d'ivoire. Cette boîte contient le paradis promis par ton prophète à ses croyants, et, si tu n'étais pas si scrupuleux, je te mettrais dans une heure aux bras des houris sans te faire passer sur le pont d'Alsirat, continua en riant Yousouf.

— Mais cette pâte est du hachisch, si je ne me trompe, répondit l'étranger en repoussant la tasse dans laquelle Yousouf avait déposé une portion de la fantastique mixture, et le hachisch est prohibé.

— Tout ce qui est agréable est défendu », dit Yousouf en avalant une première cuillerée.

L'étranger fixa sur lui ses prunelles d'un azur sombre, la peau de son front se contracta avec des plis si violents, que sa chevelure en suivait les ondulations ; un moment on eût dit qu'il voulait s'élancer sur l'insouciant jeune homme et le mettre en pièces ; mais il se contint, ses traits se détendirent, et, changeant subitement d'avis, il allongea la main, prit la tasse, et se mit à déguster lentement la pâte verte.

Au bout de quelques minutes, les effets du hachisch commençaient à se faire sentir sur Yousouf et sur l'étranger ; une douce langueur se répandait dans tous leurs membres, un vague sourire voltigeait sur leurs lèvres. Quoiqu'ils eussent à peine passé une demi-heure l'un près de l'autre, il leur semblait se connaître depuis mille ans. La drogue agissant avec plus de force sur eux, ils commencèrent à rire, s'agiter et à parler avec une volubilité extrême, l'étranger surtout, qui, strict observateur des défenses, n'avait jamais goûté de cette préparation et en ressentait vivement les effets. Il paraissait en proie à une exaltation extraordinaire ; des essaims de pensées nouvelles, inouïes, inconcevables, traversaient son âme en tourbillons de feu ; ses yeux étincelaient comme éclairés intérieurement par le reflet d'un monde inconnu, une dignité surhumaine relevait son maintien, puis la vision s'éteignait, et il se laissait aller mollement sur les carreaux à toutes les béatitudes du kief.

« Eh bien ! compagnon, dit Yousouf, saisissant cette intermittence dans l'ivresse de l'inconnu, que te semble de cette honnête confiture aux pistaches ? Anathématiseras-tu toujours les braves gens qui se réunissent tranquillement dans une salle basse pour être heureux à leur manière ?

— Le hachisch rend pareil à Dieu, répondit l'étranger d'une voix lente et profonde.

— Oui, répliqua Yousouf avec enthousiasme ; les buveurs d'eau ne connaissent que l'apparence grossière et matérielle des choses. L'ivresse, en troublant les yeux du corps, éclaircit ceux de l'âme ; l'esprit, dégagé du corps, son pesant geôlier, s'enfuit comme un prisonnier dont le gardien s'est endormi, laissant la clef à la porte du cachot. Il erre joyeux et libre dans l'espace et la lumière, causant familièrement avec les génies qu'il rencontre et qui l'éblouissent de révélations soudaines et charmantes. Il traverse d'un coup d'aile facile des atmosphères de bonheur indicible, et cela dans l'espace d'une minute qui semble éternelle, tant ces sensations s'y succèdent avec rapidité. Moi j'ai un rêve qui reparaît sans cesse, toujours le même et toujours varié : lorsque je me retire dans ma cange, chancelant sous la splendeur de mes visions, fermant la paupière à ce ruissellement perpétuel d'hyacinthes, d'escarboucles, d'émeraudes, de rubis, qui forment le fond sur lequel le hachisch dessine des fantaisies merveilleuses..., comme au sein de l'infini j'aperçois une figure céleste, plus belle que toutes les créations des poètes, qui me sourit avec une pénétrante douceur, et qui descend des cieux pour venir jusqu'à moi. Est-ce un ange, une péri ? Je ne sais. Elle s'assied à mes côtés dans la barque, dont le bois grossier se change aussitôt en nacre de perle et flotte sur une rivière d'argent, poussée par une brise chargée de parfums.

— Heureuse et singulière vision ! murmura l'étranger en balançant la tête.

— Ce n'est pas là tout, continua Yousouf. Une nuit, j'avais pris une dose moins forte ; je me réveillai de mon ivresse, lorsque ma cange passait à la pointe de l'île de Roddah. Une femme semblable à celle de mon rêve penchait sur moi des yeux qui, pour être humains, n'en avaient pas moins un éclat céleste ; son voile entrouvert laissait flamboyer aux rayons de la lune une veste raide de pierreries. Ma main rencontra la sienne ; sa peau douce, onctueuse et fraîche comme un pétale de fleur, ses bagues, dont les ciselures m'effleurèrent, me convainquirent de la réalité.

— Près de l'île de Roddah ? se dit l'étranger d'un air méditatif.

— Je n'avais pas rêvé, poursuivit Yousouf sans prendre garde à la remarque de son confident improvisé ; le hachisch n'avait fait que développer un souvenir enfoui au plus profond de mon âme, car ce visage divin m'était connu. Par exemple, où l'avais-je vu déjà ? dans quel monde nous étions-nous rencontrés ? quelle existence antérieure nous avait mis en rapport ? c'est ce que je ne saurais dire ; mais ce rapprochement si étrange, cette aventure si bizarre ne me causaient aucune surprise ; il me paraissait tout naturel que cette femme, qui réalisait si complètement mon idéal, se trouvât là dans ma cange, au milieu du Nil, comme si elle se fût élancée du calice d'une de ces larges fleurs qui montent à la surface des eaux. Sans lui demander aucune explication, je me jetai à ses pieds et, comme à la péri de mon rêve, je lui adressai tout ce que l'amour dans son exaltation peut imaginer de plus brûlant et de plus sublime ; il me venait des paroles d'une signification immense, des expressions qui renfermaient des univers de pensées, des phrases mystérieuses où vibrait l'écho des mondes disparus. Mon âme se grandissait dans le passé et dans l'avenir ; l'amour que j'exprimais, j'avais la conviction de l'avoir ressenti de toute éternité.

« À mesure que je parlais, je voyais ses grands yeux s'allumer et lancer des effluves ; ses mains transparentes s'étendaient vers moi s'effilant en rayons de lumière. Je me sentais enveloppé d'un réseau de flamme et je retombais malgré moi de la veille dans le rêve. Quand je pus secouer l'invincible et délicieuse torpeur qui liait mes membres, j'étais sur la rive opposée à Gizeh, adossé à un palmier, et mon Noir dormait tranquillement à côté de la cange qu'il avait tirée sur le sable. Une lueur rose frangeait l'horizon ; le jour allait paraître.

— Voilà un amour qui ne ressemble guère aux amours terrestres, dit l'étranger sans faire la moindre objection aux impossibilités du récit d'Yousouf, car le hachisch rend facilement crédule aux prodiges.

— Cette histoire incroyable, je ne l'ai jamais dite à personne ; pourquoi te l'ai-je confiée à toi que je n'ai jamais vu ? Il me paraît difficile de l'expliquer. Un attrait mystérieux m'entraîne vers toi. Quand tu as pénétré dans cette salle, une voix a crié au fond de mon âme : « Le voilà donc enfin. » Ta venue a calmé une inquiétude secrète qui ne me laissait aucun repos. Tu es celui que j'attendais sans le savoir. Mes pensées s'élancent au-devant de toi, et j'ai dû te raconter tous les mystères de mon azur.

— Ce que tu éprouves, répondit l'étranger, je le sens aussi, et je vais te dire ce que je n'ai pas même osé m'avouer jusqu'ici. Tu as une passion impossible, moi j'ai une passion monstrueuse ; tu aimes une péri, moi j'aime... tu vas frémir... ma sœur ! et cependant, chose étrange, je ne puis éprouver aucun remords de ce penchant illégitime ; j'ai beau me condamner, je suis absous par un pouvoir mystérieux que je sens en moi. Mon amour n'a rien des impuretés terrestres. Ce n'est pas la volupté qui me pousse vers ma sœur, bien qu'elle égale en beauté le fantôme de mes visions ; c'est un attrait indéfinissable, une affection profonde comme la mer, vaste comme le ciel, et telle que pourrait l'éprouver un dieu. L'idée que ma sœur pourrait s'unir à un homme m'inspire le dégoût et l'horreur comme un sacrilège ; il y a chez elle quelque chose de céleste que je devine à travers les voiles de la chair. Malgré le nom dont la terre la nomme, c'est l'épouse de mon âme divine, la vierge qui me fut destinée dès les premiers jours de la création ; par instants je crois ressaisir à travers les âges et les ténèbres des apparences de notre filiation secrète. Des scènes qui se passaient avant l'apparition des hommes sur la terre me reviennent en mémoire, et je me vois sous les rameaux d'or de l'Éden assis auprès d'elle et servi par les esprits obéissants. En m'unissant à une autre femme, je craindrais de prostituer et de dissiper l'âme du monde qui palpite en moi. Par la concentration de nos sangs divins, je voudrais obtenir une race immortelle, un dieu définitif, plus puissant que tous ceux qui se sont manifestés jusqu'à présent sous divers noms et diverses apparences ! »

Pendant que Yousouf et l'étranger échangeaient ces longues confidences, les habitués de l'okel, agités par l'ivresse, se livraient à des contorsions extravagantes, à des rires insensés, à des pâmoisons extatiques, à des danses convulsives ; mais peu à peu, la force du chanvre s'étant dissipée, le calme leur était revenu, et ils gisaient le long des divans dans l'état de prostration qui suit ordinairement ces excès.

Un homme à mine patriarcale, dont la batte inondait la robe traînante, entra dans l'okel et s'avança jusqu'au milieu de la salle.

« Mes frères, levez-vous, dit-il d'une voix sonore ; je viens d'observer le ciel ; l'heure est favorable pour sacrifier devant le sphinx un coq blanc en l'honneur d'Hermès et d'Agathodaemon. »

Les sabéens se dressèrent sur leurs pieds et parurent se disposer à suivre leur prêtre ; mais l'étranger, en entendant cette proposition, changea deux ou trois fois de couleur : le bleu de ses yeux devint noir, des plis terribles sillonnèrent sa face, et il s'échappa de sa poitrine un rugissement sourd qui fit tressaillir l'assemblée d'effroi, comme si un lion véritable fût tombé au milieu de l'okel.

« Impies ! blasphémateurs ! brutes immondes ! adorateurs d'idoles ! » s'écria-t-il d'une voix retentissante comme un tonnerre.

À cette explosion de colère succéda dans la foule un mouvement de stupeur. L'inconnu avait un tel air d'autorité et soulevait les plis de son sayon par des gestes si fiers, que nul n'osa répondre à ses injures.

Le vieillard s'approcha et lui dit : « Quel mal trouves-tu, frère, à sacrifier un coq, suivant les rites, aux bons génies Hermès et Agathodaemon ? »

L'étranger grinça des dents rien qu'à entendre ces deux noms.

« Si tu ne partages pas la croyance des sabéens, qu'es-tu venu faire ici ? Es-tu sectateur de Jésus ou de Mahomet ?

— Mahomet et Jésus sont des imposteurs, s'écria l'inconnu avec une puissance de blasphème incroyable.

— Sans doute tu suis la religion des Parsis, tu vénères le feu...

— Fantômes, dérisions, mensonges que tout cela ! interrompit l'homme au sayon noir avec un redoublement d'indignation.

— Alors qui adores-tu ?

— Il me demande qui j'adore !... Je n'adore personne, puisque je suis Dieu moi-même ! le seul, le vrai, l'unique Dieu, dont les autres ne sont que les ombres. »

À cette assertion inconcevable, inouïe, folle, les sabéens se jetèrent sur le blasphémateur, à qui ils eussent fait un mauvais parti, si Yousouf, le couvrant de son corps, ne l'eût entraîné à reculons jusqu'à la terrasse que baignait le Nil, quoiqu'il se débattît et criât comme un forcené. Ensuite, d'un coup de pied vigoureux donné au rivage, Yousouf lança la barque au milieu du fleuve. Quand ils eurent pris le courant : « Où faudra-t-il que je te conduise ? dit Yousouf à son ami.

— Là-bas, dans l'île de Roddah, où tu vois briller ces lumières », répondit l'étranger, dont l'air de la nuit avait calmé l'exaltation.

En quelques coups de rames, il atteignit la rive, et l'homme au sayon noir, avant de sauter à terre, dit à son sauveur en lui offrant un anneau d'un travail ancien qu'il tira de son doigt : « En quelque lieu que tu me rencontres, tu n'as qu'à me présenter cette bague, et je ferai ce que tu voudras. » Puis il s'éloigna et disparut sous les arbres qui bordent le fleuve. Pour rattraper le temps perdu, Yousouf, qui voulait assister au sacrifice du coq, se mit à couper l'eau du Nil avec un redoublement d'énergie.

Le Moristan

Le soir même de ce jour, quand vint l'heure de la prière, Hakem entra dans la ville par le quartier des soldats, suivi seulement du chef du guet et de son exécuteur : il s'aperçut que toutes les rues étaient illuminées sur son passage. Les gens du peuple tenaient des bougies à la main pour éclairer la marche du prince, et s'étaient groupés principalement devant chaque maison de docteur, de cachef, de notaire ou autres personnages éminents qu'indiquait l'ordonnance. Partout le calife entrait et trouvait un grand amas de blé ; aussitôt il ordonnait qu'il fût distribué à la foule et prenait le nom du propriétaire. « Par ma promesse, leur disait-il, votre tête est sauve ; mais apprenez désormais à ne pas faire chez vous d'amas de blé, soit pour vivre dans l'abondance au milieu de la misère générale, soit pour le revendre au poids de l'or et tirer à vous en peu de jours toute la fortune publique. »

Après avoir visité ainsi quelques maisons, il envoya des officiers dans les autres et se rendit à la mosquée de Rachida pour faire lui-même la prière, car c'était un vendredi ; mais, en entrant, son étonnement fut grand de trouver la tribune occupée et d'être salué de ces paroles : « Que le nom de Hakem soit glorifié sur la terre comme dans les cieux ! Louange éternelle au Dieu vivant ! »

Si enthousiasmé que fût le peuple de ce que venait de faire le calife, cette prière inattendue devait indigner les fidèles croyants ; aussi plusieurs montèrent-ils à la chaire pour jeter en bas le blasphémateur ; mais ce dernier se leva et descendit avec majesté, faisant reculer à chaque pas les assaillants et traversant la foule étonnée, qui s'écriait en le voyant de plus près : « C'est un aveugle ! la main de Dieu est sur lui. » Hakem avait reconnu le vieillard de la place Roumelieh, et, comme dans l'état de veille un rapport inattendu unit parfois quelque fait matériel aux circonstances d'un rêve oublié jusque-là, il vit, comme par un coup de foudre, se mêler la double existence de sa vie et de ses extases. Cependant son esprit luttait encore contre cette impression nouvelle, de sorte que, sans s'arrêter plus longtemps dans la mosquée, il remonta à cheval et prit le chemin de son palais.

Il fit mander le vizir Argévan, mais ce dernier ne put être trouvé. Comme l'heure était venue d'aller au Mokattam consulter les astres, le calife se dirigea vers la tour de l'observatoire et monta à l'étage supérieur, dont la coupole, percée à jour, indiquait les douze maisons des astres. Saturne, la planète de Hakem, était pâle et plombé, et Mars, qui a donné son nom à la ville du Caire, flamboyait de cet éclat sanglant qui annonce guerre et danger. Hakem descendit au premier étage de la tour où se trouvait une table cabalistique établie par son grand-père Moëzzeldin. Au milieu d'un cercle autour duquel étaient écrits en chaldéen les noms de tous les pays de la terre, se trouvait la statue de bronze d'un cavalier armé d'une lance qu'il tenait droite ordinairement ; mais, quand un peuple ennemi marchait contre l'Égypte, le cavalier baissait sa lance en arrêt, et se tournait vers le pays d'où venait l'attaque. Hakem vit le cavalier tourné vers l'Arabie : « Encore cette race des Abassides ! s'écria-t-il, ces fils dégénérés d'Omar, que nous avions écrasés dans leur capitale de Bagdad ! Mais que m'importent ces infidèles maintenant, j'ai en main la foudre ! »

En y songeant davantage, pourtant, il sentait bien qu'il était homme comme par le passé ; l'hallucination n'ajoutait plus à sa certitude d'être un dieu la confiance d'une force surhumaine.

« Allons, se dit-il, prendre les conseils de l'extase. » Et il alla s'enivrer de nouveau de cette pâte merveilleuse, qui peut-être est la même que l'ambroisie, nourriture des immortels.

Le fidèle Yousouf était arrivé déjà, regardant d'un œil rêveur l'eau du Nil, morne et plate, diminuée à un point qui annonçait toujours la sécheresse et la famine. « Frère, lui dit Hakem, est-ce à tes amours que tu rêves ? Dis-moi alors quelle est ta maîtresse, et, sur mon serment, tu l'auras.

— Le sais-je, hélas ! dit Yousouf. Depuis que le souffle du Khamsin rend les nuits étouffantes, je ne rencontre plus sa cange dorée sur le Nil. Lui demander ce qu'elle est, l'oserais-je, même si je la revoyais ? J'arrive à croire parfois que tout cela n'était qu'une illusion de cette herbe perfide, qui attaque ma raison peut-être... si bien que je ne sais plus déjà même distinguer ce qui est rêve de ce qui est réalité

— Le crois-tu ? » dit Hakem avec inquiétude. Puis, après un instant d'hésitation, il dit à son compagnon : « Qu'importe ? Oublions la vie encore aujourd'hui. »

Une fois plongé dans l'ivresse du hachisch, il arrivait, chose étrange ! que les deux amis entraient dans une certaine communauté d'idées et d'impressions. Yousouf s'imaginait souvent que son compagnon, s'élançant vers les cieux et frappant du pied le sol indigne de sa gloire, lui tendait la main et l'entraînait dans les espaces à travers les astres tourbillonnants et les atmosphères blanchies d'une semence d'étoiles ; bientôt Saturne, pâle, mais couronné d'un anneau lumineux, grandissait et se rapprochait, entouré des sept lunes qu'emporte son mouvement rapide, et dès lors qui pourrait dire ce qui se passait à leur arrivée dans cette divine patrie de leurs songes ? La langue humaine ne peut exprimer que des sensations conformes à notre nature ; seulement, quand les deux amis conversaient dans ce rêve divin, les noms qu'ils se donnaient n'étaient plus des noms de la terre.

Au milieu de cette extase, arrivée au point de donner à leurs corps l'apparence de masses inertes, Hakem se tordit tout à coup en s'écriant : « Eblis ! Eblis ! » Au même instant, des *zebecks* enfonçaient la porte de l'okel, et, à leur tête, Argévan, le vizir, faisait cerner la salle et ordonnait qu'on s'emparât de tous ces infidèles, violateurs de l'ordonnance du calife, qui défendait l'usage du hachisch et des boissons fermentées. « Démon ! s'écria le calife reprenant ses sens et rendu à lui-même, je te faisais chercher pour avoir ta tête ! Je sais que c'est toi qui as organisé la famine et distribué à tes créatures la réserve des greniers de l'État ! À genoux devant le prince des croyants ! commence par répondre, et tu finiras par mourir.

Argévan fronça le sourcil, et son œil sombre s'éclaira d'un froid sourire.

« Au Moristan, ce fou qui se croit le calife ! » dit-il dédaigneusement aux gardes.

Quant à Yousouf, il avait déjà sauté dans sa cange, prévoyant bien qu'il ne pourrait défendre son ami.

Le Moristan, qui aujourd'hui est attenant à la mosquée de Kalaoum, était alors une vaste prison dont une partie seulement était consacrée aux fous furieux. Le respect des Orientaux pour les fous ne va pas jusqu'à laisser en liberté ceux qui pourraient être nuisibles. Hakem, en s'éveillant le lendemain dans une obscure cellule, comprit bien vite qu'il n'avait rien à gagner à se mettre en fureur ni à se dire le calife sous des vêtements de fellah. D'ailleurs, il y avait déjà cinq califes dans l'établissement et un certain nombre de dieux. Ce dernier titre n'était donc pas plus avantageux à prendre que l'autre. Hakem était trop convaincu, du reste, par mille efforts faits dans la nuit pour briser sa chaîne, que sa divinité, emprisonnée dans un faible corps, le laissait, comme la plupart des bouddhas de l'Inde et autres incarnations de l'Être suprême, abandonné à toute la malice humaine et aux lois matérielles de la force. Il se souvint même que la situation où il s'était mis ne lui était pas nouvelle. « Tâchons surtout, dit-il, d'éviter la flagellation. » Cela n'était pas facile, car c'était le moyen employé généralement alors contre l'incontinence de l'imagination. Quand arriva la visite du *kekim* (médecin), celui-ci était accompagné d'un autre docteur qui paraissait étranger. La prudence de Hakem était telle, qu'il ne marqua aucune surprise de cette visite, et se borna à répondre qu'une débauche de hachisch avait été chez lui la cause d'un égarement passager, que maintenant il se sentait comme à l'ordinaire. Le médecin consultait son compagnon et lui parlait avec une grande déférence. Ce dernier secoua la tête et dit que souvent les insensés avaient des moments lucides et se faisaient mettre en liberté avec d'adroites suppositions. Cependant il ne voyait pas de difficulté à ce qu'on donnât à celui-ci la liberté de se promener dans les cours.

« Est-ce que vous êtes aussi médecin ? dit le calife au docteur étranger.

— C'est le prince de la science, s'écria le médecin des fous, c'est le grand Ebn Sina (Avicenne), qui, arrivé nouvellement de Syrie, daigne visiter le Moristan. »

Cet illustre nom d'Avicenne, le savant docteur, le maître vénéré de la santé et de la vie des hommes, – et qui passait aussi près du vulgaire pour un magicien capable des plus grands prodiges, – fit une vive impression sur l'esprit du calife. Sa prudence l'abandonna ; il s'écria : « Ô toi qui me vois ici, tel qu'autrefois Aïssé (Jésus), abandonné sous cette forme et dans mon impuissance humaine aux entreprises de l'enfer, doublement méconnu comme calife et comme dieu, songe qu'il convient que je sorte au plus tôt de cette indigne situation. Si tu es pour moi, fais-le connaître ; si tu ne crois pas à mes paroles, sois maudit ! »

Avicenne ne répondit pas, mais il se tourna vers le médecin en secouant la tête, et lui dit : « Vous voyez !... déjà sa raison l'abandonne », et il ajouta : « Heureusement ce sont là des visions qui ne font de mal à qui que ce soit. J'ai toujours dit que le chanvre avec lequel on fait la pâte de hachisch était cette herbe même qui, au dire d'Hippocrate, communiquait aux animaux une sorte de rage et les portait à se précipiter dans la mer. Le hachisch était connu déjà du temps de Salomon : vous pouvez lire le mot *hachicot* dans le Cantique des cantiques, où les qualités enivrantes de cette préparation... » La suite de ces paroles se perdit pour Hakem en raison de l'éloignement des deux médecins, qui passaient dans une autre cour. Il resta seul, abandonné aux impressions les plus contraires, doutant qu'il fût dieu, doutant même parfois qu'il fût calife, avant peine à réunir les fragments épars de ses pensées. Profitant de la liberté relative qui lui était laissée, il s'approcha des malheureux répandus çà et là dans de bizarres attitudes, et, prêtant l'oreille à leurs chants et à leurs discours, il y surprit quelques idées qui attirèrent son attention.

Un de ces insensés était parvenu, en ramassant divers débris, à se composer une sorte de tiare étoilée de morceaux de verre, et drapait sur ses épaules des haillons couverts de broderies éclatantes qu'il avait figurées avec des bribes de clinquant : « Je suis, disait-il, le *Kaïmalzeman* (le chef du siècle), et je vous dis que les temps sont arrivés.

— Tu mens, lui disait un autre. Ce n'est pas toi qui es le véritable ; mais tu appartiens à la race des *dives* et tu cherches à nous tromper.

— Qui suis-je donc à ton avis ? disait le premier.

— Tu n'es autre que Thamurath, le dernier roi des génies rebelles ! Ne te souviens-tu pas de celui qui te vainquit dans l'île de Sérendib, et qui n'était autre qu'Adam, c'est-à-dire moi-même ? Ta lance et ton bouclier sont encore suspendus comme trophées sur mon tombeau.

— Son tombeau ! dit l'autre en éclatant de rire, jamais on n'a pu en trouver la place. Je lui conseille d'en parler !

— J'ai le droit de parler de tombeau, ayant vécu déjà six fois parmi les hommes et étant mort six fois aussi comme je le devais ; on m'en a construit de magnifiques ; mais c'est le tien qu'il serait difficile de découvrir, attendu que, vous autres dives, vous ne vivez que dans des corps morts ! »

La huée générale qui succéda à ces paroles s'adressait au malheureux empereur des dives, qui se leva furieux, et dont le prétendu Adam fit tomber la couronne d'un revers de main. L'autre fou s'élança sur lui, et la lutte des deux ennemis allait se renouveler après cinq milliers d'années (d'après leur compte), si l'un des surveillants ne les eût séparés à coups de nerfs de bœuf, distribués d'ailleurs avec impartialité.

On se demandera quel était l'intérêt que prenait Hakem à ces conversations d'insensés qu'il écoutait avec une attention marquée, ou qu'il provoquait même par quelques mots. Seul maître de sa raison au milieu de ces intelligences égarées, il se replongeait silencieusement dans tout un monde de souvenirs. Par un effet singulier qui résultait peut-être de son attitude austère, les fous semblaient le respecter, et nul d'entre eux n'osait lever les yeux sur sa figure ; cependant quelque chose les portait à se grouper autour de lui, comme ces plantes qui, dans les dernières heures de la nuit, se tournent déjà vers la lumière encore absente.

Si les mortels ne peuvent concevoir par eux-mêmes ce qui se passe dans l'âme d'un homme qui tout à coup se sent prophète, ou d'un mortel qui se sent dieu, la Fable et l'histoire du moins leur ont permis de supposer quels doutes, quelles angoisses doivent se produire dans ces divines natures à l'époque indécise où leur intelligence se dégage des liens passagers de l'incarnation. Hakem arrivait par instants à douter de lui-même, comme le fils de l'homme au mont des Oliviers, et ce qui surtout frappait sa pensée d'étourdissement, c'est l'idée que sa divinité lui avait été d'abord révélée dans les extases du hachisch. « Il existe donc, se disait-il, quelque chose de plus fort que celui qui est tout, et ce serait une herbe des champs qui pourrait créer de tels prestiges ? Il est vrai qu'un simple ver prouva qu'il était plus fort que Salomon, lorsqu'il perça et fit se rompre par le milieu le bâton sur lequel s'était appuyé ce prince des génies ; mais qu'était-ce que Salomon près de moi, si je suis véritablement Albar l'Éternel ? »

« Je suis un dieu qui a mal dîné »

Aucun poète n'a su mieux que Baudelaire traduire en notre langue la perception de la beauté. Le haschich avait de quoi séduire cet être contemplatif, porté à la rêverie et attentif à tous ses sens. Baudelaire y a goûté dès l'âge de vingt ans, et c'est sous son influence qu'il réalise un autoportrait où il se dessine deux fois plus grand que la colonne Vendôme. Il fréquentera ensuite le club des haschichins de l'hôtel Pimodan et prendra du dawamesk mais, d'après les souvenirs de Théophile Gautier, « [...] n'en a pas fait un usage continu. Ce bonheur acheté à la pharmacie, et qu'on emporte dans la poche de son gilet, lui répugnait d'ailleurs, et il en comparait l'extase qu'il produit à celle d'un maniaque pour qui des toiles peintes et de grossiers décors remplaceraient de véritables meubles et des jardins embaumés de fleurs réelles. » Baudelaire en effet se montre plutôt sévère. En 1851, il publie dans la revue Le Messager de l'assemblée *l'article « Du vin et du haschich ». La comparaison entre vin et haschich tourne au détriment de celui-ci. Dans le* Poème du haschisch, *c'est cette fois l'opium qui lui est préféré : « l'un est un séducteur paisible, l'autre un démon désordonné ». C'est en moraliste que Baudelaire condamne le haschich, dont l'emprise a pour lui quelque chose de maléfique : l'homme se croit devenu Dieu et succombe aux péchés d'orgueil, d'envie et de paresse : « Le haschisch appartient à la classe des joies solitaires ; il est fait pour les misérables oisifs. »*

En 1860 paraît son traité des stupéfiants : Les paradis artificiels. *Baudelaire y insère* Du vin et du haschisch *et le* Poème du haschisch. *Les deux textes sont redondants : Baudelaire y relate les mêmes étapes dans des termes très proches, cite deux fois la même anecdote, ce qui étonne chez un auteur par ailleurs méticuleux et laconique. A-t-il cherché à retranscrire ainsi un sentiment de déjà-vu, une mécanique mentale qui conduirait toujours aux mêmes points, bref l'ennui – le pire de tous les vices selon lui ? C'est un repenti qui parle, d'où peut-être l'austérité qui s'en dégage. Seule la mort, dit-il au dernier vers des* Fleurs du Mal, *lui offrait encore la possibilité de plonger « Au fond de l'Inconnu pour trouver du nouveau ! »*

Charles Baudelaire

(1821-1867)

Les paradis artificiels

(1860)

L'HOMME-DIEU

Expliquerai-je comment sous l'empire du poison, mon homme se fait bientôt centre de l'univers ? comment il devient l'expression vivante et outrée du proverbe qui dit que la passion rapporte tout à elle ? Il croit à sa vertu et à son génie ; ne devine-t-on pas la fin ? Tous les objets environnants sont autant de suggestions qui agitent en lui un monde de pensées, toutes plus colorées, plus vivantes, plus subtiles que jamais, et revêtues d'un vernis magique. « Ces villes magnifiques, se dit-il, où les bâtiments superbes sont échelonnés comme dans les décors – ces beaux navires balancés par les eaux de la rade dans un désœuvrement nostalgique, et qui ont l'air de traduire notre pensée : Quand partons-nous pour le bonheur ? – ces musées qui regorgent de belles formes et de couleurs enivrantes, – ces bibliothèques où sont accumulés les travaux de la Science et les rêves de la Muse, – ces instruments rassemblés qui parlent avec une seule voix, – ces femmes enchanteresses, plus charmantes encore par la science de la parure et l'économie du regard, – toutes ces choses ont été créées *pour moi, pour moi, pour moi !* Pour moi, l'humanité a travaillé, a été martyrisée, immolée, – pour servir de pâture, de *pabu-*

lum, à mon implacable appétit d'émotion, de connaissance et de beauté ! » Je saute et j'abrège. Personne ne s'étonnera qu'une pensée finale, suprême, jaillisse du cerveau du rêveur : « *Je suis devenu Dieu !* » qu'un cri sauvage, ardent, s'élance de sa poitrine avec une énergie, une telle puissance de projection, que, si les volontés et les croyances d'un homme ivre avaient une vertu efficace, ce cri culbuterait les anges disséminés dans les chemins du ciel : « Je suis un Dieu ! » Mais bientôt cet ouragan d'orgueil se transforme en une température de béatitude calme, muette, reposée, et l'universalité des êtres se présente colorée et comme illuminée par une aurore sulfureuse. Si par hasard un vague souvenir se glisse dans l'âme de ce déplorable bienheureux : N'y aurait-il pas un autre Dieu ? croyez qu'il se redressera devant *celui-là*, qu'il discutera ses volontés et qu'il l'affrontera sans terreur. Quel est le philosophe français qui, pour railler les doctrines allemandes modernes, disait : « Je suis un dieu qui a mal dîné ? » Cette ironie ne mordrait pas sur un esprit enlevé par le haschisch ; il répondrait tranquillement : « Il est possible que j'aie mal dîné, mais je suis un Dieu. »

MORALE

Mais le lendemain ! le terrible lendemain ! tous les organes relâchés, fatigués, les nerfs détendus, les titillantes envies de pleurer, l'impossibilité de s'appliquer à un travail suivi, vous enseignent cruellement que vous avez joué un jeu défendu. La hideuse nature, dépouillée de son illumination de la veille, ressemble aux mélancoliques débris d'une fête. La volonté surtout est attaquée, de toutes les facultés la plus précieuse. On dit, et c'est presque vrai, que cette substance ne cause aucun mal physique, aucun mal grave, du moins. Mais peut-on affirmer qu'un homme incapable d'action, et propre seulement aux rêves, se porterait vraiment bien, quand même tous ses membres seraient en bon état ? Or, nous connaissons assez la nature humaine pour savoir qu'un homme qui peut, avec une cuillerée de confiture, se procurer instantanément tous les biens du ciel et de la terre, n'en gagnera jamais la millième partie par le travail. Se figure-t-on un État dont tous les citoyens s'enivreraient de haschisch ? Quels citoyens ! quels guerriers ! quels législateurs ! Même en Orient, où l'usage en est si répandu, il y a des gouvernements qui ont compris la nécessité de le proscrire. En effet, il est défendu à l'homme, sous peine de déchéance et de mort intellectuelle, de déranger les conditions primordiales de son existence et de rompre l'équilibre de ses facultés avec les milieux où elles sont destinées à se mouvoir, en un mot, de déranger son destin pour y substituer une fatalité d'un nouveau genre. Souvenons-nous de Melmoth, cet admirable emblème. Son épouvantable souffrance gît dans la disproportion entre ses merveilleuses facultés, acquises instantanément par un pacte satanique, et le milieu où, comme créature de Dieu, il est condamné à vivre. Et aucun de ceux qu'il veut séduire ne consent à lui acheter, aux mêmes conditions, son terrible privilège. En effet, tout homme qui n'accepte pas les conditions de la vie, vend son âme. Il est facile de saisir le rapport qui existe entre les créations sataniques des poètes et les créatures vivantes qui se sont vouées aux excitants. L'homme a voulu être Dieu, et bientôt le voilà, en vertu d'une loi morale incontrôlable, tombé plus bas que sa nature réelle. C'est une âme qui se vend en détail.

Balzac pensait sans doute qu'il n'est pas pour l'homme de plus grande honte ni de plus vive souffrance que l'abdication de sa volonté. Je l'ai vu une fois, dans une réunion où il était question des effets prodigieux du haschisch. Il écoutait et questionnait avec une attention et une vivacité amusantes. Les personnes qui l'ont connu devinent qu'il devait être intéressé. Mais l'idée de penser malgré lui-même le choquait vivement. On lui présenta du dawamesk : il l'examina, le flaira et le rendit sans y toucher. La lutte entre sa curiosité presque enfantine et sa répugnance pour l'abdication se trahissait sur son visage expressif d'une manière frappante. L'amour de la dignité l'emporta. En effet, il est difficile de se figurer le théoricien de la *volonté,* ce jumeau spirituel de Louis Lambert, consentant à perdre une parcelle de cette précieuse *substance.*

Malgré les admirables services qu'ont rendus l'éther et le chloroforme, il me semble qu'au point de vue de la philosophie spiritualiste, la même flétrissure morale s'applique à toutes les inventions modernes qui tendent à diminuer la liberté humaine et l'indispensable douleur. Ce n'est pas sans une certaine admiration que j'entendis une fois le paradoxe d'un officier qui me racontait l'opération cruelle pratiquée sur un général français à El-Aghouat, et dont celui-ci mourut malgré le chloroforme. Ce général était un homme très brave, et même quelque chose de plus, une de ces âmes à qui s'applique naturellement le terme : chevaleresque. « Ce n'était pas, me disait-il, du chloroforme qu'il lui fallait, mais les regards de toute l'armée et la musique des régiments. Ainsi peut-être eût-il été sauvé ! » Le chirurgien n'était pas de l'avis de cet officier ; mais l'aumônier aurait sans doute admiré ces sentiments.

Il est vraiment superflu, après toutes ces considérations, d'insister sur le caractère immoral du haschisch. Que je le compare au suicide, à un suicide lent, à une arme toujours sanglante et toujours aiguisée, aucun esprit raisonnable n'y trouvera à redire. Que je l'assimile à la sorcellerie, à la magie, qui veulent, en opérant sur la matière, et par des arcanes dont rien ne prouve la fausseté non plus que l'efficacité, conquérir une domination interdite à l'homme ou permise seulement à celui qui en est jugé digne, aucune âme philosophique ne blâmera cette comparaison. Si l'Église condamne la magie et la sorcellerie, c'est qu'elles militent contre les intentions de Dieu, qu'elles suppriment le travail du temps et veulent rendre superflues les conditions de pureté et de moralité ; et qu'elle, l'Église, ne considère comme légitimes, comme vrais, que les trésors gagnés par la bonne intention assidue. Nous appelons escroc le joueur qui a trouvé le moyen de jouer à coup sûr ; comment nommerons-nous l'homme qui veut acheter, avec un peu de monnaie, le bonheur et le génie ?

« L'expérience du poison »

Génie fulgurant, Arthur Rimbaud n'a que dix-sept ans lorsqu'il formule en mai 1871 son projet poétique : « La première étude de l'homme qui veut être poète est sa propre connaissance, entière ; il cherche son âme, il l'inspecte, il la tente, l'apprend. Dès qu'il la sait, il doit la cultiver [...] – Mais il s'agit de faire l'âme monstrueuse : à l'instar des comprachicos, quoi ! Imaginez un homme s'implantant et se cultivant des verrues sur le visage.

Je dis qu'il faut être voyant, se faire voyant.

Le Poète se fait voyant par un long, immense et raisonné dérèglement de tous les sens. Toutes les formes d'amour, de souffrance, de folie ; il cherche lui-même, il épuise en lui tous les poisons, pour n'en garder que les quintessences. Ineffable torture où il a besoin de toute la foi, de toute la force surhumaine, où il devient entre tous le grand malade, le grand criminel, le grand maudit, – et le suprême Savant ! – Car il arrive à l'inconnu ! Puisqu'il a cultivé son âme, déjà riche, plus qu'aucun ! Il arrive à l'inconnu, et quand, affolé, il finirait par perdre l'intelligence de ses visions, il les a vues ! »

Rimbaud applique ce programme dès son arrivée à Paris, où Verlaine l'accueille en automne 1871. C'est là qu'il goûte le haschich. On connaît le brouillon du texte Nuit de l'enfer *(qui porte le titre* Fausse conversion *dans le manuscrit) ; la ponctuation est déficiente, l'orthographe incertaine : c'est assurément sous l'emprise du dérèglement haschichin que Rimbaud l'a écrit. Cette drogue était sans doute, à ce moment pour lui, l'instrument idéal pour explorer les tréfonds de ce « je » qui « est un autre »,* *mais aussi pour se détacher du classicisme et trouver sa voie stylistique propre, c'est-à-dire passer de l'alexandrin impeccable à la forme radicalement moderne des poèmes en prose d'*Une saison en enfer *et des* Illuminations.

Sous l'effet du haschich, Rimbaud éprouve un mélange d'extase (« Hourra pour l'œuvre inouïe et pour le corps merveilleux, pour la première fois ! ») et de répulsion : les visions nouvelles engendrées par la drogue sont fugaces, illusoires, mensongères. Le haschich n'aura été qu'une étape en définitive décevante. Pour vivre pleinement ses rêves d'aventure, il lui faudra quitter « l'Europe aux anciens parapets ». Il s'engage, déserte, va à Chypre et Alexandrie, fait du commerce en Éthiopie et vend notamment des armes au roi Ménélik. En 1891, il revient à Marseille gravement malade et meurt dans d'atroces souffrances après qu'on lui eut amputé une jambe. On ignore si Rimbaud eut l'occasion de reprendre du haschich au cours de ses voyages, mais il est troublant de penser que, l'année qui suit sa mort, Harar où il avait installé son négoce verra naître Hailé Sélassié, empereur d'Éthiopie, « Roi des Rois, seigneur des seigneurs, Lion conquérant de la tribu de Juda », organisateur de l'Union africaine, vénéré comme un dieu par les rastamen : Ras Tafari en personne.

Arthur Rimbaud

(1854-1891)

Une saison en enfer (1873)

Les Illuminations (écrit vers 1874 - publié en 1886)

NUIT DE L'ENFER

J'ai avalé une fameuse gorgée de poison. – Trois fois béni soit le conseil qui m'est arrivé ! – Les entrailles me brûlent. La violence du venin tord mes membres, me rend difforme, me terrasse. Je meurs de soif, j'étouffe, je ne puis crier. C'est l'enfer, l'éternelle peine ! Voyez comme le feu se relève ! Je brûle comme il faut. Va, démon !

J'avais entrevu la conversion au bien et au bonheur, le salut. Puis-je décrire la vision, l'air de l'enfer ne souffre pas les hymnes ! C'était des millions de créatures charmantes, un suave concert spirituel, la force et la paix, les nobles ambitions, que sais-je ?

Les nobles ambitions !

Et c'est encore la vie ! – Si la damnation est éternelle ! Un homme qui veut se mutiler est bien damné, n'est-ce pas ? Je me crois en enfer, donc j'y suis. C'est l'exécution du catéchisme. Je suis esclave de mon baptême. Parents, vous avez fait mon malheur et vous avez fait le vôtre. Pauvre innocent ! – L'enfer ne peut attaquer les païens. – C'est la vie encore ! Plus tard, les délices de la damnation seront plus profondes. Un crime, vite, que je tombe au néant, de par la loi humaine.

Tais-toi, mais tais-toi !... C'est la honte, le reproche, ici : Satan qui dit que le feu est ignoble, que ma colère est affreusement sotte. – Assez !... Des erreurs qu'on me souffle, magies, parfums faux, musiques puériles. – Et dire que je tiens la vérité, que je vois la justice : j'ai un jugement sain et arrêté, je suis prêt pour la perfection... Orgueil. – La peau de ma tête se dessèche. Pitié ! Seigneur, j'ai peur. J'ai soif, si soif ! Ah ! l'enfance, l'herbe, la pluie, le lac sur les pierres, *le clair de lune quand le clocher sonnait douze*... le diable est au clocher, à cette heure. Marie ! Sainte Vierge !... – Horreur de ma bêtise.

Là-bas, ne sont-ce pas des âmes honnêtes, qui me veulent du bien... Venez... J'ai un oreiller sur la bouche, elles ne m'entendent pas, ce sont des fantômes. Puis, jamais personne ne pense à autrui. Qu'on n'approche pas. Je sens le roussi, c'est certain.

Les hallucinations sont innombrables. C'est bien ce que j'ai toujours eu : plus de foi en l'histoire, l'oubli des principes. Je m'en tairai : poètes et visionnaires seraient jaloux. Je suis mille fois le plus riche, soyons avare comme la mer.

Ah çà ! l'horloge de la vie s'est arrêtée tout à l'heure. Je ne suis plus au monde. – La théologie est sérieuse, l'enfer est certainement *en bas* – et le ciel en haut. – Extase, cauchemar, sommeil dans un nid de flammes.

Que de malices dans l'attention dans la campagne... Satan, Ferdinand, court avec les graines sauvages... Jésus marche sur les ronces purpurines, sans les courber... Jésus marchait sur les eaux irritées. La lanterne nous le montra debout, blanc et des tresses brunes, au flanc d'une vague d'émeraude...

Je vais dévoiler tous les mystères : mystères religieux ou naturels, mort, naissance, avenir, passé, cosmogonie, néant. Je suis maître en fantasmagories.

Écoutez !....

J'ai tous les talents ! – Il n'y a personne ici et il y a quelqu'un : je ne voudrais pas répandre mon trésor. – Veut-on des chants nègres, des danses de houris ? Veut-on que je disparaisse, que je plonge à la recherche de l'*anneau* ? Veut-on ? Je ferai de l'or, des remèdes.

Fiez-vous donc à moi, la foi soulage, guide, guérit. Tous, venez, – même les petits enfants, – que je vous console, qu'on répande pour vous son cœur, – le cœur merveilleux ! – Pauvres hommes, travailleurs ! Je ne demande pas de prières ; avec votre confiance seulement, je serai heureux.

— Et pensons à moi. Ceci me fait peu regretter le monde. J'ai de la chance de ne pas souffrir plus. Ma vie ne fut que folies douces, c'est regrettable.

Bah ! faisons toutes les grimaces imaginables.

Décidément, nous sommes hors du monde. Plus aucun son. Mon tact a disparu. Ah ! mon château, ma Saxe, mon bois de saules. Les soirs, les matins, les nuits, les jours... Suis-je las !

Je devrais avoir mon enfer pour la colère, mon enfer pour l'orgueil, – et l'enfer de la caresse ; un concert d'enfers.

Je meurs de lassitude. C'est le tombeau, je m'en vais aux vers, horreur de l'horreur ! Satan, farceur, tu veux me dissoudre, avec tes charmes. Je réclame. Je réclame ! un coup de fourche, une goutte de feu.

Ah ! remonter à la vie ! Jeter les yeux sur nos difformités. Et ce poison, ce baiser mille fois maudit ! Ma faiblesse, la cruauté du monde ! Mon Dieu, pitié, cachez-moi, je me tiens trop mal ! – Je suis caché et je ne le suis pas.

C'est le feu qui se relève avec son damné.

H

Toutes les monstruosités violent les gestes atroces d'Hortense. Sa solitude est la mécanique érotique, sa lassitude, la dynamique amoureuse. Sous la surveillance d'une enfance elle a été, à des époques nombreuses, l'ardente hygiène des races. Sa porte est ouverte à la misère. Là, la moralité des êtres actuels se décorpore en sa passion ou en son action – Ô terrible frisson des amours novices sur le sol sanglant et par l'hydrogène clarteux ! trouvez Hortense.

MATINÉE D'IVRESSE

Ô *mon* Bien ! Ô *mon* Beau ! Fanfare atroce où je ne trébuche point ! Chevalet féerique ! Hourra pour l'œuvre inouïe et pour le corps merveilleux, pour la première fois ! Cela commença sous les rires des enfants, cela finira par eux. Ce poison va rester dans toutes nos veines même quand, la fanfare tournant, noue serons rendus à l'ancienne inharmonie. Ô maintenant nous si digne de ces tortures ! rassemblons fervemment cette promesse surhumaine faite à notre corps et à notre âme créés : cette promesse, cette démence ! L'élégance, la science, la violence ! On nous a promis d'enterrer dans l'ombre l'arbre du bien et du mal, de déporter les honnêtetés tyranniques, afin que nous amenions notre très pur amour. Cela commença par quelques dégoûts et cela finit, – ne pouvant nous saisir sur-le-champ de cette éternité, – cela finit par une débandade de parfums.

Rire des enfants, discrétion des esclaves, austérité des vierges, horreur des figures et des objets d'ici, sacrés soyez-vous par le souvenir de cette veille. Cela commençait par toute la rustrerie, voici que cela finit par des anges de flamme et de glace.

Petite veille d'ivresse, sainte ! quand ce ne serait que pour le masque dont tu nous as gratifié. Nous t'affirmons, méthode ! Nous n'oublions pas que tu as glorifié hier chacun de nos âges. Nous avons foi au poison. Nous savons donner notre vie tout entière tous les jours.

Voici le temps des *Assassins*.

« Les propos des assassins »

Créateur du personnage d'Ubu, ce parangon de tous les dictateurs ridicules, fondateur de la pataphysique, cette « science des solutions imaginaires », Alfred Jarry reste un auteur aussi mystérieux qu'inclassable. C'est que, comme l'écrit Michel Arrivé, « [son œuvre] ne comporte pas de sens préétabli : c'est bien plutôt une étrange machine – ingénieusement bricolée – à produire et détruire le sens. »

En 1903, Jarry écrit dans la Chandelle verte *: « [...] chacun a été à même d'observer que ces substances, qu'on est convenu d'appeler poisons, constituent dans bien des conjectures, une nourriture excellente. Ce qui tue, d'après la menace d'horrifiques étiquettes rouges, est en même temps ce qui fait vivre, sous le titre de médicaments. » En fait de poison, c'est surtout l'alcool qui minera le génial écrivain, mort de la tuberculose à trente-quatre ans. Mais Jarry, qui a consacré toute une pièce au Vieux de la Montagne, révèle dans* les Jours et les Nuits *une connaissance aiguë du haschich et notamment de ses effets sur la parole.*

Jarry avait été appelé au service militaire à Laval en novembre 1894 et réformé en décembre 1895. Publié deux ans plus tard, les Jours et les Nuits *est une féroce satire antimilitariste : l'un des chapitres s'intitule « De l'abrutissement militaire ». C'est aussi un roman fortement autobiographique, certains des amis de l'auteur étant même les « clés » identifiables de plusieurs personnages. Le héros du livre, Sengle, veut déserter dès son incorporation. En attendant, il s'évade par la rêverie. Le personnage semble bien prédisposé à l'usage des psychotropes, puis-*

que l'auteur a précisé au chapitre IV : « [...] il ne distinguait pas du tout sa pensée de ses actes ni son rêve de sa veille ; et, perfectionnant la leibnitzienne définition que la perception est une hallucination vraie, il ne voyait pas pourquoi ne pas dire : l'hallucination est une perception fausse, ou plus exactement : faible, ou tout à fait mieux : prévue (souvenue quelquefois, ce qui est la même chose). Et il pensait surtout qu'il n'y a que des hallucinations, ou que des perceptions, et qu'il n'y a ni nuits ni jours (malgré le titre de ce livre, ce qui fait qu'on l'a choisi). »

Grâce au haschich, Sengle va pouvoir déserter sa propre condition, s'évader de son propre moi. La grande force de Jarry ici est de s'en tenir aux effets extérieurs, en restituant de façon fort convaincante les propos décousus des soldats dans la chambre de l'hôpital militaire.

Alfred Jarry
(1873-1907)

Les Jours et les Nuits, roman d'un déserteur
(1897)

LES PROPOS DES ASSASSINS

Pyast et Herreb s'assirent à la turque autour du cabinet de Nosocome ; Sengle se coucha dans un coin, derrière la table. Sur le socle de Marsyas troussant son marbre au-dessus des sexes mutuellement violés de ses organes intérieurs, comme les successifs cornets d'un cheveu, la cassolette noire, puis rouge fuma selon l'encens, le benjoin, le styrax, puis la myrrhe ; et les parfums construisirent un cylindre de tout le centre de la pièce, leurs ondes mourant à l'entrée de l'asile angulaire de Sengle.

Il y avait une fille avec un chien sur un divan.

« Voici Akem », dit Nosocome, communiant le poète polonais Pyast, le philosophe allemand Herreb et Sengle des pilules de haschisch.

On attendit une heure, jusqu'à ce que Nosocome bondit, cria qu'il ne voulait chez lui ni putains, ni chiens, ni surtout chiens de putains, empoigna la bête et la fille jusqu'à la porte ; et les propos commencèrent.

NOSOCOME : En mil huit cent... mil huit cent mille... vers... vil milliards de verres...

PYAST : Mille vibriards de verres de montre.

NOSOCOME : Un éléphant dans une montre ! que tu es bête... quatre éléphants dans un verre de montre.

PYAST : « Un sot trouve toujours un puceau... »

NOSOCOME : La puce demeure au coin du boulevard Saint-Michel.

PYAST : C'est le boulevard Haussmann qui veut l'emporter, comme échantillon.

NOSOCOME : Il prend ça pour des verres de bouteille. Il y a un vers libre par échantillon.

PYAST : Il n'a pas besoin de bouteille, puisqu'il se purge avec des verres libres.

NOSOCOME : C'est idiot, ça ne s'est jamais vu.

PYAST : Cet idiot de Jeannot.

NOSOCOME : Ce n'est pas de la flanelle, l'eau de Hunyadilanos.

PYAST : La flanelle, c'est comme les cors aux pieds, ça ne se porte plus.

NOSOCOME : À partir de demain, tu portes de la flanelle.

PYAST : À partir de demain ? Nous ne sortirons jamais d'aujourd'hui.

NOSOCOME : Tiens-tu le rapport de cause à effet ? Tu mets ta tête dans tes mains.

PYAST : Expliquons-nous dans le Paris des mots.

NOSOCOME : La base est la flamme. Et tu es au milieu de l'ombre ou de la lumière.

PYAST : Je suis au milieu de quoi ? Dans deux ou trois cents ans peut-être.

NOSOCOME : Ton pareil est naturel.

PYAST : Il faut que je le retrouve.

HERREB : Si nous le faisions afficher ?

NOSOCOME : Tu parlais de flamme, je crois ? Tu étais dans l'eau.

HERREB : Tu pénètres deux choses à la fois ?

PYAST : Au milieu, avec deux cerceaux de papier... je crois... Au milieu, avec...

NOSOCOME : Suc-ces-si-ve-ment.

HERREB : Il l'a retrouvé.

PYAST : Je l'ai laissé tomber. Il était assis dans le sens des champs, il tournait donc le dos à la route.

NOSOCOME : Mais si tu étais au milieu, tu ne pouvais pas le prévoir.

PYAST : Il y a des schémas qui ne peuvent pas être sinueux.

NOSOCOME : Voilà quinze ans que tu m'expliques quelque chose.

PYAST : Voilà quinze ans ?...

NOSOCOME : Tu veux me prouver quelque chose ?

PYAST : Calchas néant.

NOSOCOME : Ah çà, dans tes contrebanderies, si tu pouvais tailler tes mots ?

PYAST : La morale de la Pologne...

HERREB : La marelle de la Pologne...

NOSOCOME : Pour peu que tu aies crié vive la Pologne...

PYAST : Tu es un pied russe, un pied et demi.

NOSOCOME : Retire cela.

PYAST : Je le retire à demi et il te restera trois quarts de pied. Ha ha ! je lui ai enlevé trois quarts de pied. Tu es un pied, et un cor au pied, donc tu es un madrépore, madrécoraux, madré cor au pied ! Conclus, tu ne comprends pas, tu es un cor au pied.

HERREB : Il a cinq cadavres au bout de chaque pied !

PYAST : Tu es un délateur cérébral. Tu as l'obélisque dans un petit doigt et un cor au pied. L'ébonite dans un petit doigt...

HERREB : Quoi ?

PYAST : L'a-qua bénite. Ce n'est pas un poisson le Saint-Esprit, alors il nage dans l'eau bénite. Le Saint-Esprit est un cyprin doré. L'élégance est un progrès. D'arrière en avant.

HERREB : L'élégance est pédéraste ?

NOSOCOME : C'est sens devant derrière.

PYAST : Qu'est-ce que c'est que son suffrage universel ? Le suffrage universel est celui où on met un sou par jour pour avoir un journal du jour. Il y a le *Temps* et le journal le *Jour*. Ça fait deux journaux du jour.

HERREB : Et combien de temps ?

NOSOCOME : Comment peut-il s'apercevoir d'une chose beaucoup plus grande ? Il se déplayait.

PYAST : Si tu avais une poutre dans ton œil...

NOSOCOME : On sait que ça dépend de la dimension de la poutre.

PYAST : Ça te paraît-il évident ? Tu ne crois pas à l'évidence d'une poutre dans l'œil ? On ne peut pas changer la lettre imprimée.

NOSOCOME : Il se déplayait.

Les propos se répliquaient avec une vitesse exagérée, coupés de silences inévaluables, les haschischins n'ayant pas de notion du temps, sans doute à cause du nombre des images, et payant sans pose, riches d'années à milliards, par trois cents ans les minutes et les secondes. Ils n'ont pas plus la notion de distance, l'*accommodation* ne se faisant plus qu'avec un tremblement de cinématographe, et il leur faut un périple pour débarquer leur main au bras de leur fauteuil. Il y eut un silence après la conclusion de Nosocome, laquelle était d'un mot forgé ou aboli, notoirement incompréhensible d'ailleurs. Les quatre étaient encore presque lucides, Sengle dans son coin plus à l'abri des parfums écoutait et notait, et on essaya d'artifices pour s'halluciner davantage.

La flamme d'alcool, sous la cassolette, fut éteinte, le feu couvert, et Nosocome dans l'obscurité commença sur place, le plancher branlant, une course rythmique.

On entendit exactement le bruit d'un train, heurt de pistons, souffle de sifflets (imitation connue dans tous les music-halls) et ces mots s'échangèrent :

« Augustine ! Augustine !... Où vas-tu ? où vas-tu ?

— À Paris, à Paris. »

Un disque rouge parut, le cigare de Nosocome.

« L'odeur de la fumée ne vous gêne pas, madame ?

— Horreur ! les deux trains vont se rencontrer !

— Paris, tout le monde discend », dit le minstrel nègre saluant en ôtant son cigare.

Sengle ne se souvient plus, malgré la suggestion, du premier wagon militaire, vers Halluin et Menin. Son train monte vers des pays lunaires.

Autre volontaire hallucination : dans la pièce à côté :

« Écoutez la messe des morts.

NOSOCOME : Les pieds devant. Entrez.

PYAST : Ses pieds sont arrivés avant lui.

NOSOCOME : Il y a de la chair qui ne sent pas frais. »

On rallume, mais le pays du haschisch est dans la chambre maintenant, *rapporté* par le train lunaire. L'air est de glycérine pure, et comme on cerne les continents sur les cartes géographiques, Sengle et les trois ont tout le corps nimbé d'un fluide, épais de douze centimètres, d'abord loïe-fuller, puis violet obscur. Sengle s'en aperçoit à ce que l'approche des gestes heurte douloureusement sa sensibilité qui s'extériorise.

Herreb, qui s'avançait seul par la porte pour figurer le convoi des morts, a la face toute brouillée par l'épaisseur de la couche obscure. Il s'appuie sur un bâton, puis le lève horizontal, les mains aux deux bouts.

HERREB : Pendez-vous.

NOSOCOME : Le commandant de gendarmerie.

PYAST : Dans la fosse. Fausse situation.

NOSOCOME : Vous faites de la barre fixe ?

PYAST : Il rectifie le cor aux pieds. Le cor aux pieds est un clou qui marche.

NOSOCOME : Il fait de la paralysie générale ?

PYAST : La fée de la paralysie générale ?

Herreb, brandissant sa poutre, qui est immense, vêtu de son halo sidéral, marche vers Sengle. Sengle à la douleur du contact contre son halo propre, lève les deux bras, les ramène vers sa tête et projette ses doigts écartés dans la direction des yeux de Herreb.

HERREB : Oh ! les clous ! les clous verts ! ils me pénètrent...

PYAST : Vous avez un clou dans la plante du pied. C'est aussi la planche du salut. Avec ton bâton tu es l'homme des bois. Si tu es l'homme des bois tu es l'homme des planches, un homme brouhaha des bois, adaboua.

NOSOCOME : Un kiosque où il aboiboie.

PYAST, *gesticulant* : L'homme à l'arbre, venez faire des arbres avec moi, dans la salle d'arbres.

NOSOCOME : Quatre hommes des bois et un caporal des bois.

PYAST : Ha ha ! un caporal des bois ! C'est tout au plus un gnome des jardins.

NOSOCOME : *ArcaNAambo.*

HERREB : Oh là, monsieur, dit-il en heurtant son atmosphère violette, comme un monde dévoyé.

Sengle n'écoutait plus les propos affolés, son regard se fixait comme celui de l'homme à l'arbre, lequel, tenant son bâton par le milieu, le laissait lentement tourner, presque vertical, génératrice de deux cônes superposés opposés par le sommet, du fluide hors-naturel des halos des corps. Un Xipéhuz naissait debout et lumineux, et l'homme des bois parla génialement dans l'air visqueux, avec trois cents ans entre chacune de ses paroles, et Sengle écoutait dans l'éternité.

L'HOMME DES BOIS : J'ai vu un brouillard d'enfer... Oh ! je suffoque, oh ! que c'est joli... oh ! comme ça se tient ! Ô le centre. Et là, c'est une molécule. Le centre, c'est merveilleux. Le centre, oh ! il est beau. Oh là ! le centre. Ô le centre de Dieu. Et sa périphérie. Une périphérie n'a qu'un centre. Il y a des jardins. Ô la fatigue du mouvement. Je sens une périphéresthésie... Oh là.

Neuf cents ans, puis il marcha vers les autres, et, dieu condescendant, simple dit :

« Je suis l'homme des bois. »

Neuf cents ans.

« Oh ! voilà que ça tombe. »

Neuf cents ans de la chute lente du bâton dans l'éther consistant.

« J'ai de la glace autour de ma canne. Oh ! elle tourne. Tu tournes autour de mes idées. Mais mes idées ne sont pas rondes. Pentagonales. Le pentagone est fait de droites. Une idée, ça n'est pas un chemin, elle n'est pas sinueuse. Ça c'est un raccord, un ressemelage... »

Sengle méditait qu'il avait dit PÉRIPHÉRIE et non *surface,* que le Xipéhuz était donc vivant. Le fluide de l'homme heurta Sengle et très douloureusement l'homme geignit encore :

« Oh là, monsieur. »

Et il redisparut pour quelques années dans la buée opaque. Nosocome et Pyast disputaient.

PYAST : Un escargot y voit avec ses pattes. Dans le jour, il était déguisé en limace, il était colimaçon. C'est le milieu, je tiens toujours le milieu.

NOSOCOME : L'homme des bois nous coupe.

PYAST : Mais il ne me traverse pas droit, c'est une subtilité.

NOSOCOME : Il y a trois jours que nous sommes là.

L'HOMME DES BOIS : Ô mon bâton.

PYAST : Ton bâtombe.

Il s'approcha encore, et Sengle dut comme précédemment se protéger par des passes magnétiques.

L'HOMME DES BOIS : Oh ! je suis perdu, ces clous... Les clous, la glace. Enfin, voyons, les clous verts.

Il marcha encore à Sengle, et dit avec un mépris souverain :

« Vous m'observez, monsieur ?... Oh ! il m'a foutu un coup de pied avec son ombre. »

Sengle lucide voulut lui faire respirer de l'éther.

L'HOMME DES BOIS : Les vapeurs sont changées.

Trois cents ans, et de la voix d'un dernier soupir :

« Ah ! tu m'as démoli l'odeur. »

Toute la nuit, néanmoins, il alla et vint par deux portes. Sengle posa un parapluie ouvert par terre et lui dit que c'était une barrière verte ; et se croyant enfermé pour des myriades d'années il chemina de plus en plus vieux, ratatiné sur son bâton. On verrouilla les portes, et il frappait :

« Monsieur, ouvrez, il est mort. Misérable, qu'as-tu fait de cet intestin ?

PYAST : Ses intestins grêlent, qu'ils brûlent.

HERREB : Vous avez dévidé les intestins du mort du

convoi et les avez mis sur une bobine. Pourquoi dévides-tu des bobines ? Il dévide des bobines en Bobino.

NOSOCOME : Il a des instintestincts grêles.

PYAST : J'ai connu un mobile qui s'appelait Pompoteau. Pompoteau, mobile ; auto, mobile.

HERREB, *frappant à la porte* : Présent, c'est un superficiel.

PYAST : Il ne pouvait pas dire son nom ?

NOSOCOME : On ne doit pas manifester dans la rue.

HERREB : Ouvrez, monsieur, voici le mort.

PYAST : Pourquoi frappes-tu trois coups ? Quatre et deux font six, et la moitié de six est trois.

NOSOCOME : Métaphore.

PYAST : Félix ! Félix !

NOSOCOME : Quoi ?

PYAST : Mon cher ami, il y a trois quoi, il y a trois quoi, il y a trois... ? C'est le parler français d'un canard qui... Canal, ce qui passe devant toi. Tu te déversais.

NOSOCOME : Je ne me déversais pas.

PYAST : C'est un parallèle avec le canal. Tu es parallèle au canal. C'est un misérable, il pénètre ta bêtise.

NOSOCOME : Il traverse ma bêtise sur la bicyclette de ta connerie.

PYAST : *ERgo nominor leo.*

NOSOCOME : Va donc, Jules Simon. La condition pour que deux parallèles soient parallèles, c'est qu'elles soient de sens contraire.

PYAST : Mais parle pour la résultante.

NOSOCOME : Il est ta parallélirésultante.

PYAST : Rasoir ! il n'en sortira pas. Vous voulez une salade de lorgnons ?

L'HOMME, *derrière la porte* : Ô des clous, ce n'est pas du verre, arrachez les clous, ô les petits clous, clouclowns, Footit...

NOSOCOME : Un enfer doit être une sorte de repos, parce qu'on ne saurait qu'y faire.

PYAST : Tu le vois chic. Caricature !

NOSOCOME : L'enfer n'est pas em...dant.

PYAST : Parce que c'est la seule chose possible.

NOSOCOME : Il voulait donc savoir ce quelque chose, l'homme des bois ?

PYAST : Et pourquoi est-il entré pour vouloir le savoir ?

NOSOCOME : Il veut savoir quelque chose ? L'enfer est de l'espace à dix dimensions.

PYAST : Passe tes dimensions, il y en a au moins neuf honorables.

NOSOCOME : Il y a les trois, plus le creux...

PYAST : Le pneu...

NOSOCOME : Le temps...

PYAST : Et réciproquement. Le présent a les dimensions de l'espace.

NOSOCOME : La logique, c'est le marteau du raisonnement.

PYAST : La logique qui tue. Tiens, avaleur de mots : Rhizomorhododendron.

NOSOCOME : Je m'expose enrhizé sur les places publiques.

PYAST : Il... rien.

L'HOMME DES BOIS, *entrant* : Le café passe parce qu'il a des subtilités. »

D'autres haschischins qui n'avaient point parlé sont étendus par terre, dans la vomissure ; les parfums empilés sans ordre sur la cassolette deviennent infects.

« Vous faites des œufs sur le plat ? » demande Pyast à Nosocome.

Sengle le plus lucide parce que l'état de haschisch est le plus semblable à son état normal, puisque c'est un état supérieur, par une réciproque simple est devenu presque un homme normal, et a pris des notes. Il veut ouvrir la fenêtre pour évaporer dans l'air la bulle irisée dont l'étouffe Akem. Les autres, parmi leur marche des Juifs Errants et leurs cris d'énergumènes, clament :

« Empêchez-le de se jeter. »

L'homme des bois, sa crise décroissant, redevient l'Allemand philosophe Herreb. Il déploie d'un coin qu'il ornait un drapeau français, plissé derrière sa tête, et crie :

« Vive Félix Faure ! Vive la République ! »

Nosocome reprend le drapeau, en roule deux tiers, se ceint du troisième et s'écrie :

« Voici les Anglais !

— Si on brûlait le drapeau ? dit Sengle.

— Le drapeau est éternel parce que c'est la patrie, dit Pyast.

— Ça évite la peine de le brûler », pensa Sengle.

On découvre et allume une lanterne en papier rayé tricolore.

« La lanterne, dit Pyast, est un trou lumineux avec un drapeau autour. »

On l'accroche au bout de la hampe du drapeau, second bâton de l'homme des bois, et Herreb reprend sa marche précipitée. Sengle recouché dans son coin fixe, comme Herreb fixait le Centre, une lune, la projection sur le plafond blanc de la clarté délimitée par la couronne circulaire de la lanterne, plus grande et blanche que la vraie lune, avec au milieu un être noir, l'ornement de cuivre du bout de la hampe, qui est l'homme avec son fagot ou un monument lunaire avec deux corniches, chargées d'êtres innombrables et dévorateurs.

La lune dispensatrice de mort est dans la chambre, évoquée par Akem, et Sengle la gardera, repliée comme un claque, dans un étui rond. Akem est devenu très vieux et rabougri jusque sous terre, la fenêtre est ouverte sur le trottoir désert du matin, Nosocome est assis immobile sur un angle de lit, Sengle endormi sur le plancher ; et sous les yeux des premiers passants (le cabinet de Nosocome est au rez-de-chaussée) Herreb, qui s'est écroulé avec sa lanterne qui a pris feu, le cuivre de la hampe en pointe de casque, ronfle joyeusement, son corps germain drapé dans l'étamine républicaine de France.

Table des matières

Librio

582

Composition PCA
Achevé d'imprimer en Allemagne
à Pössneck par GGP
en mars 2003 pour le compte de E.J.L.
84, rue de Grenelle, 75007 Paris
Dépôt légal mars 2003

Diffusion France et étranger : Flammarion